KB158110

듣기 시간

듣기 시간

김숨 중편소설

2021
문학실험실

1부

*

은회색 녹음기에 박힌 까만 스피커 구멍들이 벌레들 같다. 부패가 시작된 갈치 토막에 달라붙어, 육안으로는 식별이 어려울 만큼 잘지만 꽤 정교한 이빨로 살을 뜯어 먹고 있는 벌레들.

그녀의 습자지를 씌운 것 같은 두 눈동자가 스피커 구멍들을 응시한다. 구멍은 모두 400개다.

그녀의 입술은 묵비권을 행사하듯 고집스레 맞물려 있다.

나는 녹음기 옆 노트를 무릎 위로 끌어당긴다.

0.5밀리 볼펜 심이 종이에 생채기를 내듯 스치며 내는 소리가 노트 위에 권태롭게 떠돈다.

32절지 크기의 노트에 묶인 41장의 종이에는 단 하나의 줄도 그어져 있지 않다. 종이들은 거친 감이 있고 배 껍질보다 엷은 미색이다.

나를 모른다.

그녀의 눈길이 방금 내가 노트에 휘갈겨 쓴 글자들을 슬그머니 훑는 게 느껴진다. 순간 나는 당황한다. 그러나 이내 그녀가 글자를 읽지 못한다는 걸 상기하고 안심한다.

그녀는 '나'라는 글자를 읽지 못한다.

나라는 글자는.

나라는 글자조차.

스윽— 스윽— 침이 말라버린 짐승의 혀처럼 귀에 감겨오는 소리는, 녹음기 속 테이프 필름이 왼쪽 트랙에서 오른쪽 트랙으로 옮겨가 감기는 소리다.

그녀와 나는 23분째 녹음기를 가운데 두고 마주앉아 있다. 그러니까 녹음기 속 테이프는 23분째 돌아가고 있다.

두 평 남짓한 방 안 공기는 덥고 습하다. 바람은 거의 불지 않는다. 검정 모나미 볼펜을 쥔 손에 땀이 차오른다. 나는 자세를 조금 바꾸어 앉는다. 아까부터 오른 다리가 저려왔다.

테이프의 재생 시간은 60분이다.

"천천히, 기억나는 것부터 말씀하시면 돼요."

"기억나는 것부터요."

테이프 필름에 내 목소리가 새겨지는 게 느껴질 만큼 녹음기가 의식된다. 나는 내 목소리를 삭제하고 싶은 충동을 억누른다. 그럼 내 목소리와 함께 녹음된 그녀의 침묵도 지워지니까, 내 말보다 그녀의 침묵이 중요하니까, 그녀의 침묵은 발화되지 못한 말이기도 하니까.

녹취록을 풀 때 그녀의 침묵도 문자文字에 담아 기록해야 한다. 그녀의 표정, 몸짓, 한숨, 눈빛, 얼굴빛, 시선,

눈동자의 떨림, 망설임, 눈물도…… 그것들 역시 그녀의
발화되지 못한 말이므로.

그녀의 두 눈동자가 400개의 구멍을 응시한다.

그녀의 두 눈동자가 한 개의 구멍을 응시한다.

*그녀의 두 눈동자가 한 개의 구멍에 삼켜져 그 한 개
의 구멍을 틀어막는다.*

"혹시 녹음기가 신경 쓰이세요?"

그녀는 묵묵부답이다.

그녀의 침묵을 '침묵'이라는 글자에 욱여넣는다.

나는 그녀 앞에 놓인 물건들을 유품 목록을 작성하는
심정으로 하나하나 노트에 적기 시작한다. 그것들은 녹
음할 수 없는 데다 내 기억력을 무턱대고 신뢰할 수는
없으니까.

*담배, 옅은 쑥색 사기 재떨이, 성냥갑, 두루마리 화장
지, 가제 손수건, 구리 손잡이가 달린 돋보기, 파란 플라
스틱 컵, 전화번호부책.*

그리고,

그녀의 왼발.

흰 면양말을 신은 그녀의 왼발이 칼 같다.

나는 그녀의 어깨 너머 벽에 고정된 달력을 바라본
다. 1997년 8월 달력에는 예수가 오병이어의 기적을
형상화한 그림이 그려져 있다. 그 그림을 보며 나는 최
후의 만찬 날에 예수가 베드로에게 한 말을 떠올린다.
오늘 닭이 울기 전에 너는 세 번이나 *나를 모른다* 할 것
이다.

"꼭 그 얘기가 아니어도 돼요. 하고 싶으신 얘기를 편
하게 하시면 돼요. 요즘 즐겨 보시는 드라마 얘기도 좋
고요……."

"점심에 뭐 드셨어요?"

나는 그녀가 무엇을, 얼마나, 어디까지 기억하고 있는지 모른다. 그녀가 남다른 기억력의 소유자라 하더라도 50년 전 일을 기억하는 것은 쉽지 않을 것이다.

시간이 흐르면서 수정되고 삭제되기 마련인 기억이, 강력한 트라우마를 경험한 사람들의 경우에는 변형되지 않고 고착돼 있다던가. 불변하는 기억을 끌어안고 사는 건 박제 새를 내내 끌어안고 있는 것과 비슷하지 않을까. 박제 새를 품에 안고 밥을 먹고, 버스나 지하철에 오르고, 티브이를 보고, 잠이 든다……. 깊은 밤 불현듯 잠에서 깨어나 눈을 뜨면 박제 새의 기묘하게 번들거리는 인공 눈알이 가만히 응시하고 있다.

*

그녀는 말을 해야 한다.
그녀가 말을 하면 그 말은 구멍이 된다.

억제된 감정이 구멍이 된 말로 빠져나간다.[1]

그녀의 입술은 시들한 가지 빛깔이고 메말랐다. 손가락에 물을 묻혀 그녀의 입술을 축여주고 싶다. 인간의 몸에는 365개의 혈 자리가 있다던가. 입술에도 피가 흐르니까 혈 자리가 있을 것이다. 곤충의 촉수 같은 침을 놓아서라도 그녀의 입술에 생기가 돌게 하고 싶다.

나는 그녀의 입을 빨아 삼킬 듯 응시하며 세상의 입들을 떠올린다. 시를 암송하는 입, 노래하는 입, 옹알이하는 입, 동물의 울음소리를 흉내 내는 입, 미사포처럼 하얀 입김을 토하는 입, 연인의 입맞춤을 기다리는 입, 주기도문을 외우는 입…… 그녀의 입은 그 모든 입을 짓눌러 뭉개고 그 위에 아물다 만 흉터처럼 군림한다.

말은 몸 어디서 발생하는 걸까. 구토처럼, 시큼하고 역겨운 냄새와 함께 말이 식도를 거슬러 올라와 토해질 때가 있다.

말에 가까운 거라도, 깨진 말의 파편이나 협착음 같은 거라도. 깨물린 말이라도.

녹음기 속 테이프 필름에는 그녀의 침묵과 함께 내 침묵도 새겨진다. 테이프 필름이 왼쪽 트랙에서 오른쪽 트랙으로 옮겨 감기기까지 1초가 걸린다.

　토성의 일곱 개의 고리 중 하나를 가져와 감아놓은 것 같은 필름에 음성이 녹음되는 원리가 새삼 신기하다. 산화철이 도포된 필름에 자석처럼 N극과 S극이 배열돼 있고, 음성을 포함한 소리를 녹음하는 것은 N극과 S극의 배열을 일정하게 바꾸는 거라 했던가. 그래서 모니터 같은 자력이 강한 물체 곁에 테이프를 놓아두면 녹음된 소리가 지워지기도 하는 거라고.

　그녀의 입이 벌어지려 한다. 내 입도 덩달아 벌어지려 한다. 나는 그녀와 언제 끝날지 모르는 거울 놀이를 하는 심정이다.

　기껏 벌어진 그녀의 입이 이내 도로 다물린다. 윗입술과 아랫입술은 수평선 모양을 그리며 닿자마자 악물린다.

　그녀는 입속의 말을 억누른다.
　골판지에 압정을 박듯 말을 눌러 박아버린다.

　압정 대가리처럼 납작해진 말이 혀에, 입천장에, 잇몸

에, 어금니가 떨어져 나간 자리에 박힌다.

＊

오이 비누 냄새가 희미하게 풍기는 그녀의 얼굴은 절벽의 단면처럼 가파르다. 이목구비는 곧고 뚜렷한 편이다. 은회색 머리카락은 가르마 없이 뒤로 빗어 넘겼다. 자를 대고 자른 것 같은 머리카락 아래로 배나무 밑동 같은 목덜미가 훤히 드러나 있다. 검버섯이 핀 데다 피부색이 어두운 편인데도 안색이 맑게 느껴진다. 고혈압약이나 당뇨약 같은 장기간 복용 중인 약이 있는지 궁금하다. 나는 혹시나 그녀가 앓고 있을지 모를 질병들을 적어본다.

불면증, 가슴 떨림, 손발 저림, 편두통, 우울증, 이명…….

주민등록상 1924년생인 그녀의 나이는 만으로 73세다. 그녀는 허리가 구부정히 굽고 다리가 휘었지만 거동이 불편할 정도는 아니다. 그렇잖아도 그녀가 현관 철제

문을 열어주고 돌아서는 모습을, 한 발 한 발 내딛으며 방으로 걸어가는 뒷모습을, 나는 연속 사진을 찍듯 유심히 눈여겨봤다. 그녀는 벽 같은 걸 손으로 짚거나 하지 않았고 제법 또박또박 걸었다.

내가 초등학교 4학년 때 찰흙으로 빚은 얼굴이 그녀의 얼굴에 겹쳐 떠오른다. 찰흙으로 얼굴을 만들다 말고 까무룩 잠들어버린 내가 깨어났을 때 찰흙 덩이는 돌처럼 굳어 있었다. 눈 코 입도 만들어 넣지 못했는데.

그래서,

못으로 찔러 눈구멍을 냈다.

못으로 찢어 입 구멍을 냈다.

갑자기 그녀 목소리가 기억나지 않는다. 그녀에게 목소리라는 게 있었나. 구술 증언 녹취가 피해자에게 상실한 목소리를 되찾아주는 작업이라 했던가.

그녀는 목소리를 되찾는다.

그녀에겐 처음부터 목소리가 없었던 게 아닐까. 처음부터, 자궁 속에서 입이 빚어질 때 목소리가 발생하지 않아서.

그녀는 목소리를 갖는다.

나는 녹음기를 조금 더 그녀 앞으로 밀어놓는다.

*

그녀는 목구멍을 갖고, 입을 갖고, 혀를 갖고,

목소리를 갖는다,

그리고,

말을 갖는다,

침묵 후,

자신을 저주한다.[2]

＊

말을 듣는다.

말을 믿는다.

＊

왼쪽 트랙에 희미하게 감겨 있던 필름이 오른쪽 트랙으로 옮겨 가 감긴다. 녹음 버튼이 튕겨 오른다.

나는 손을 뻗어 녹음기를 집어 든다. 테이프의 앞뒤면을 바꾸어 녹음기에 장착하고 빨리 감기 버튼을 누른다. 내 가방 속에는 60분 길이의 포장을 뜯지 않은 공테이프 5개가 더 들어 있다.

전날 나는 공테이프 4개를 가방 속에 챙겨 넣고 잠들었다. 오늘 아침 집을 나서기 전 2개를 더 챙겨 넣었다.

그녀의 입 근육의 움찔거림, 입가 주름들의 꿈틀거림, 아랫입술이 드리우는 그늘의 짙어짐.

그녀의 오른쪽 눈동자에 언뜻언뜻 스치는 녹빛……
녹내장이 진행 중일까, 다슬기를 우린 물 빛깔 같은 녹
빛이다.

만약 그녀가 지독한 원시라면, 나는 이 방에서 실루
엣에 지나지 않을 것이다.

언제까지나 거울 놀이를 하고 있을 수 없다. 내 지갑
속에는 17시 20분 서울행 고속버스 표가 들어 있다. 그
녀의 집에서 고속버스 터미널까지 택시로 20분 남짓
걸린다. 4시 40분에는 다음 방문 날짜를 잡고 일어서야
한다.

미간 핏줄이 불거지더니 그녀의 눈가 주름들이 경련
한다.

그녀의 눈ᆸ이 말을 하고 있다.
눈의 말을 나는 해독하지 못한다.

자신의 눈에는 혀가 있어서, 그 혀로 사물을 핥는다
던 어느 화가의 말이 떠오른다. 사물을 보는 동시에 눈
의 혀로 쓱 핥아 질감까지 감각한다고 했다. 그래서인지
그 화가가 뭔가를 바라볼 때면 날름거림 같은 게, 혀로

날쌔게 낚아채 삼켜버리려는 욕망 같은 게 느껴졌다. 심지어 죽은 박새를 바라볼 때조차 그랬다.

*

옆에서 바라보면 그녀의 입은 무너진 건물의 잔해 더미 같다. 수천 년 전에 무너져 원형 복원이 영구히 불가능한 고대 사원이나 신전.

그녀의 시선이 아래를 향한다. 고개가 덩달아 숙여지며 움츠러든 어깨가 앞으로 기운다.

창밖 거리로 오토바이가 경적을 요란하게 울리며 지나간다.

옹아리 같은 옹얼거림조차 없다. 잠꼬대 같은 헛소리조차, 목소리조차.

나는 그녀의 말을 중단시킨 적 없다. 그런데 그녀의 침묵이 너무 지독해서 내가 그녀의 말을, 말하기를, 강제로 중단시킨 것 같은 자책감마저 든다.

"잠은 잘 주무세요?"

그녀의 윗입술과 아랫입술이 아주 조금 벌어지더니 옹이처럼 단단히 뭉친 숨이 토막토막 토해진다.

"오늘 몇 시에 일어나셨어요?"

"새벽에 깼어……."

"새벽에요?"

나는 서둘러 물으며 녹음기가 제대로 작동하는지 기민하게 살핀다. 다행히 400개의 구멍은 날아가 버리지 않고 스피커에 고스란히 붙어 있다.

"커졌어……."

허공에서 마른 모래처럼 흩어지는 그녀의 목소리를 400개의 구멍이 빨아들이는 게, 목소리의 파편들이 검붉은 필름에 수를 놓듯 달라붙는 게 느껴진다.

400개의 구멍으로는 부족하다.
구멍이 더 있어야 한다.

첫 방문 때 나는 스피커 구멍이 200개인, 지금 그녀 앞에 놓인 녹음기보다 작은 녹음기를 사용했다. 녹취를 풀기 위해 재생한 녹음테이프에서 그녀의 침묵이 10분 넘게 흘러나올 때면 200개의 구멍이 미처 삼키지 못한 그녀의 말이 이 방에서 유령의 독백처럼 떠돌고 있을 것 같은 의심과 망상에 사로잡혔다. 결국 두 번째 방문을 앞두고 나는 용산전자상가를 찾아가 새 녹음기를 장만했다. 스피커 구멍의 개수와 녹음 성능이 비례하는 것은 아니라는 전파상 사장의 말을 나는 귀담아들으려고 하지 않았다.

"뭐가……요?"

"……시계."

그녀의 고개가 들리더니 벽을 향한다. 옥수수색 민무늬 벽지가 도배된 벽에 지름이 15센티쯤 되는 둥근 바늘 시계가 덩그러니 걸려 있다. 초침 바늘이 2배쯤 느리게 가는 것 같다.

시계에서 한 뼘쯤 떨어진 곳에 못 하나가 사선으로 박혀 있는 게 내 눈에 들어온다. 못에는 아무것도 걸려 있지 않다. 지난 두 번의 방문 때는 물론 좀 전까지도 전혀 눈에 띄지 않던 못이 거슬린다.

나는 손으로 못을 움켜잡는 상상을 한다. 손에 힘을 주고 흔들어보려 애쓰지만 벽에 단단히 박힌 못은 꿈쩍도 않는다. 못대가리에 내 손바닥의 살이 너덜너덜 해지고 찢긴다.

그녀가 박았을까. 그녀가 벽에 못을 박아 넣는 모습을 상상한다. 그녀의 손에 들린 망치가 못대가리를 내리친다. 살이 찢기는 소리, 뼈가 바스러지는 소리, 피가 벽지를 타고 흐르는 소리…….

옷을 걸기에는 못 높이가 너무 낮다. 사진 액자를 걸기에도. 그러고 보니 방 벽들 어디에도 사진 액자 하나 걸려 있지 않다.

"시계가 커져 있었어요?"

"……바늘들이."

시계가 커지는 착시가 일어났던 걸까.

"시계가 얼마나 커졌는데요?"

그녀가 상실한 건 '말'이 아니라 '말 구사력'인지도 모른다. 죽은 물고기들처럼 낱낱으로 흩어져 부유하는 낱말들을 어순에 맞게 배열하지 못해서 전전긍긍하고 있는 것인지도. 주어, 목적어, 수식어, 술어를 조합하지 못해서.

*

나는 그녀를 들은 적 없다.

*

말을 하기 전,

말을 한 후,

침묵.

그녀의 침묵은 그 어느 쪽에도 없다.

린넨 소재의 상아색 블라우스는 그녀의 깡마른 몸을 부각시키고 있다. 앞섶에 달린 장미꽃 모양의 은색 단추 여섯 개는 전부 채워져 있다.

단추를 채운 소매 아래로 드러난 그녀의 손목에 내 눈길이 간다. 신경이 극도로 예민한 초식동물의 모가지 같다. 시퍼런 정맥들이 천근성 뿌리처럼 뻗어 있는 손목 안쪽에서는 맥박이 일정한 간격으로 뛰고 있을 것이다.

그녀의 입이 먼 곳을 향해 벌어진다.

"사람들이 모여 있네……."

나는 녹음기를 흘끗 바라본다. 테이프는 정상적으로 돌아가고 있다. 스윽— 스윽— 소리에도 테이프가 멈춰 있는 것 같다.

"사람들이요?"

그녀의 오른손이 흰 면양말 속 칼을 슬그머니 움켜쥔다.

"어떤 사람들이요?"

그녀의 엄지손가락이 흰 면양말 속으로 파고든다.

"남자들……."

＊

고등학교 2학년 때 영어 듣기 평가 시험 시간이 떠오른다. 칠판 위 검은 스피커, 은실 목걸이처럼 스피커에 줄줄이 매달려 있던 거미줄, 스피커를 향해 열려 있던 백여 개의 귓구멍, 닫힌 창들, 닫힌 문들…… 맨 앞줄의 간질을 앓던 여자애가 갑자기 발작을 일으키며 쓰러졌다.

대화를 듣고, 그림의 내용과 일치하지 않는 것을 고르시오.

대화를 듣고, 두 사람의 관계를 가장 잘 나타낸 것을 고르시오.

대화를 듣고, 여자가 하는 말의 주제로 가장 적절한 것을 고르시오.

*

입으로 말을 주고받지 마시오.

*

입의 연장延長.

혀의 연장.

말.

*

그녀의 동공이 확장된 채로 경직된 눈동자가 응시하는 곳을 나도 바라본다.

그곳엔 창이 있다.

창은 열려 있다. 마 소재의 연두색 커튼이 두 짝 미닫이 창 절반을 가리고 있다. 바람이 불지 않아 커튼은 작은 펄럭임조차 없다.

그녀가 세 들어 사는 건물은 상가와 연립을 섞어놓은 형태다. 1층에는 간판 글자들이 흐릿해졌을 만큼 오래된 약국과 부동산과 옷수선 집이 있고, 2·3층은 세무사 사무실과 정체가 모호한 사무실들이 들어와 있다. 4층에는 그녀처럼 살림을 사는 사람들이 세 들어 있다. 자전거, 말라죽은 식물이 심긴 화분, 항아리, 쓰레기봉투 등이 내놓아져 있어서 어수선한 복도를 따라 회색 철제 문 네 개가 일렬로 서 있다. 그녀의 집은 4층 네 번째다. 5층은 교회다.

"저기 무슨 일로 남자들이 모여 있을까……."

그녀의 자를 대고 바투 자른 것 같은 눈썹들이 떨린
다. 직사각형 창틀 너머 하늘은 양배추 색깔이다. 그 속
으로 새 한 마리 날아가지 않아서 빈 액자가 적막히 걸
려 있는 것 같다.

"어디……에요?"

"남자들이 어디에 모여 있어요?"

그녀의 눈동자가 몹시 천천히 나를 향한다. 나와 눈
이 마주치는 순간 말문을 닫아버린다. 거대한 수문처럼
닫힌 말문 너머에 침묵이 차오른다.

오늘 방문은 세 번째다. 지난밤 나는 첫 번째 방문 때
녹음한 테이프들을 재생, 반복해 들으며 녹취록을 다시
정리했다.

13분 32초 동안 침묵이 이어진 뒤, 400개의 구멍이
간신히 토해내는 그녀의 목소리에 먼지 뭉치처럼 흐릿
하고 아슬아슬하게 엉겨 있는 말을 문자로 옮겼다.

다 잊었어.

그것은 그녀의 말이 아니었다. 그녀의 말에 조사 하나, 모음 하나, 자음 하나 덧붙이지 않았는데도.

말을 입으로 받아 말하기.

말을 글자로 받아 받아쓰기.

받아쓰기는 애초에 불가능한 작업이었던 게 아닐까. 그녀의 말을 글자로 받아쓰는 것은.

말을 글자로 옮기는 작업은 글쓰기의 일종이지만, 일반적인 글쓰기와 다르다. 듣고 받아쓰는 이의 자의식이 개입돼서는 안 된다. 받아쓰는 이의 문자 언어가 아니라 말하는 이의 문자 언어로 풀어야 한다.

문맹인 그녀의 문자 언어를 나는 아직 찾지 못했다.

*

다 잊었어.

다 기억해.

*

말없이, 말없이,

없이,

침묵에 침묵이 고인다.
깊어진다.
깊어진다.

무섭다.

*

침묵은 구술 증언의 일부는 될 수 있지만 전부가 될
수는 없다.

*그녀에게 표정이란 게 있다면, 할 말을 다하고 난 것
같은 표정이다.*

그래서 할 말이 더는 남아 있지 않은, 말이, 말이라는 게.

　가해자의 증언은 요구될 수 있지만 피해자의 증언은
요구될 수 없다, 는 문장을 어디서 읽었더라…….
　나는 그녀의 침묵에 집중하지 못한다. 침묵을 받아쓰
지 못한다. 받아쓰지 못한 침묵들은 테이프 필름에 새겨
져 되돌아올 것이다.

그녀가 기억 못 하는 것.

그녀가 기억하지 않으려는 것.

*

　그녀가 타동사같이 느껴진다. 먹다, 입다, 보다, 부르
다, 타다, 만지다, 느끼다 같은. 치매가 진행되면서 일차
적으로 상실하는 낱말은 이름이나 지명 같은 고유명사
라던가. 다음으로 명사를, 그다음으로 형용사와 부사를
상실하고, 가장 마지막까지 남아 있는 낱말은 타동사라
고. 타동사가 상실되지 않았다는 것은, 살고자 하는 최

소한의 의지가 남아 있다는 뜻이기도 할 것이다.

하루하루 살아가는 데 필요한 최소한의 의지만 그녀에게 남아 있다. 그것은 그녀에게 최선의 의지이기도 하다.

하루를 살아내는 것.
또 하루를 살아내는 것.
그것 말고는 없다.

*

쉼표.

입으로 말을 주고받지 마시오.

마침표.

글로 대화하지 마시오.

작은따옴표.

문 열리는 소리? 문 닫히는 소리?

그녀는 말을 주지 않는다.

*

나는 노트를 한 장 넘긴다. 땀이 찬 손바닥을 원피스 자락에 문질러 훔치고 다시 볼펜을 쥔다.
마침표 하나, 쉼표 하나 찍히지 않은 종이를 들여다본다.

그녀의 침묵을 듣는다.

받아쓰지 않는다.

받아쓸 수 없다.

노트에 괄호를 그려 넣는다. 나는 괄호 속에 그녀의 침묵을 가두고 싶은 걸까.

그녀의 침묵이 참을 수 없다가도 순간순간 이상한 위안 같은 걸 받는다. 세상에 떠도는 어수선하고 잡다한 소리들이 전부 소멸해버린 것 같은 위안이다.

가장 순결한 첫 단어.

가장 진실한 마지막 단어.

두 단어 사이에 놓여 있는 생生.

피해자가 증언하는 모습을 담은 비디오 영상이 떠오른다. 그녀는 위안소에서 자신이 당한 폭력에 대해 생생하게, 무대 위에서 홀로 춤을 추듯 몸짓에 실어 들려준다. 어깨를 들썩이고, 팔을 훌쩍 들어 올리고, 무릎을 끌어당겨 구부리고, 발을 동동동 구르고, 휘청거리다, 쓰러진다.

일어서려는 몸짓,

날아오르려는, 날아가려는,

생 너머로.

또 다른 피해자는 했던 말을 하고 또 한다. 그녀는 군인에게 처음 당한 성폭력에 대해서도 말한다.

그 얘기만은 두 번 다시 반복되지 않는다.

결코 반복되지 않는다.

내 가방 속에는 필름 사진기가 들어 있다. 그녀의 모습을 사진기에 담아야 한다. 그녀는 사진 찍는 걸 허락할까.

*

그녀의 목 핏대가 칼날처럼 일어선다.
그녀의 입이 더 지독하게 빨판처럼 오므려진다.
그녀는 목구멍 아래 가라앉아 있는 단어를 끌어올리는 중이다. 그것은 하나의 낱말로 된 단어이거나, 두세 개의 낱말로 된 단어다. 세 개 이상은 아니다.
캄캄하고 음습한 곳에 오래 웅크리고 있었던 탓에 단

어에는 푸르스름한 이끼가 돋았다.

식도로 단어가 올라온다.

단어가 목젖을 밀어젖히고 앞구르기를 하듯 굴러 혀
에 안착한다.

그녀는 단어를 내뱉지 못한다.

그러기에는 그녀의 입이 아직은 멀쩡하다. 먹고, 마시
고 숨 쉬는 게 가능한 입인 것이다.

생살을 찢고 내뱉어야 한다.

목이나 쇄골, 옆구리, 배, 허벅지 살을 찢고,

용암 같은 뜨거운 피가 토해질 때 밀어내야 한다.

*

"나비가 제 입안으로 들어왔어요. 제가 여섯 살 때요."

내 얘기에 반응이 되는 걸까. 그녀의 고개가 슬그머
니 날 향해 비스듬히 들린다.

"어머니는 제가 꿈을 꾼 것이라고 했지만, 마루에 멍
하니 앉아 있는 제 입속으로 나비가 날아드는 걸 분명
히 봤어요. 하얗고 작은 나비였어요. 나비가 햇빛을 못
보면 죽는 줄 알았어요. 나비는 햇빛 속을 날아다니니까

요. 그런데 내 몸속에는 햇빛이 없으니까……."

나는 바짝바짝 마르는 입에 침을 축이고 하던 얘기를 계속한다.

"그래서 나비에게 햇빛을 쐬어주려고 얼굴이 까맣게 그을리는 줄도 모르고 해를 향해 입을 벌리고 앉아 있곤 했어요. 나비가 죽으면, 죽은 나비를 몸속에 품고 살아야 하니까……. 너무 끔찍하고 무서웠어요."

나는 왜 아무에게도 하지 않았던 얘기를 그녀에게 하고 있는 걸까. 어릴 때 살았던 시골집 너른 마당이 떠오른다. 복숭아꽃과 샐비어가 어우러져 피어 있고, 앵두나무에서는 앵두들이 주황빛에서 붉은빛으로 익어가고 있었다. 닭들이 감나무 아래서 흙을 파헤치고 그 안에 들어가 흙 목욕을 한가롭게 즐기고 있었다.

초등학교에 입학하고 얼마 뒤 부모님은 단칸방을 얻어 도시로 이사를 나갔다. 경운기를 몰고 돼지를 키우던 아버지는 아파트 공사 현장 막노동꾼이 되었고, 감자를 캐고 강으로 다슬기를 잡으러 다니던 어머니는 부업으로 가죽 혁대 붙이는 일을 했다. 얼떨결에 전학을 간 나는 도시에서 태어나고 자란 아이들에게 기가 눌려 말수가 급속히 줄어들었다. 쉬는 시간에도 말없이 책상에 붙

어 앉아 있는 내게 짝꿍인 여자애가 큼직한 눈을 동그
랗게 뜨고 물어왔다. 너 벙어리니?

　고등학교를 졸업할 때까지 나는 길을 걸어가다 말고
우두커니 서서 햇빛이 내리비치는 허공을 향해 입을 벌
리곤 했다. 교실 창가에 서서, 화창한 날 버스를 타고 가
다 차창을 향해 얼굴을 돌리고…….

　오늘 진주로 내려오는 고속버스에서도 나는 자신도
모르게 입을 벌렸다. 고속버스가 시흥을 지날 즈음 잠들
었다 깨어났는데 차창으로 햇빛이 환하게 비쳐들고 있
었다. 나는 어항 속 금붕어처럼 입을 벌려 햇빛을 삼키
고, 삼켰다.

　꿈이 아니었다…… 나는 눈을 뜨고 있었고, 여름이면
담석을 호되게 앓던 할머니가 뒷마당에서 구시렁구시
렁 펌프질하는 소리가 들려왔으니까, 펌프가 끼익 — 끼
익 — 쇳소리를 내고 마침내 코끼리의 코 같은 주둥이로
물이 울컥울컥 토해지는 소리가 들려왔으니까, 깊은 땅
속에서 막 끌어 올려진 얼음처럼 차가운 물 냄새가 맡
아졌으니까.

*

"다시 왔어……."

"……왜 다시 왔을까?"

그녀는 내게 묻는 걸까, 자기 자신에게 묻는 걸까.

아직 살아 있는 사람의 얼굴이라는 걸 확인시켜주려는 듯 그녀의 얼굴 근육들이 꿈틀한다. 주름들이 오랫동안 켜지 않은 바이올린의 현들처럼 어색하게 떨린다.

내 가방 속 무선호출기가 삐삐 울린다. 나는 그 소리를 무시하고 그녀에게 묻는다.

"누가요?"

"사람들……."

"사람들이 다시 왔어요?"

다시 온 사람들 때문에 그녀가 불안해한다.

내게는 온 적도 없는, 그러므로 다시 온 적은 더더군다나 없는 사람들.

그들은 누굴까?
남자들? 군인들?

*

그녀는 다른 곳에 가 있다.

녹음기 옆에 나 혼자 남겨져 있다. 400개의 구멍이
삼키고 삼키는 것은 내 침묵이다.

*

스윽— 스윽— 녹음기 속 테이프가 그새 거의 다 감
겼다. 나는 민첩한 손놀림으로 녹음기 속 테이프의 앞뒤
면을 바꾸어 끼우고 녹음 버튼을 누른다. 녹음기를 다시
그녀 앞에 내려놓으며 묻는다.

"남자들…… 말이에요?"

무선호출기가 또 울린다. 급하게 날 찾을 데가 없다.
진주시청 여성복지과 유 계장이 제공한 자료에 따르

면 그녀는 대만의 독고타이들이 주로 찾았던 위안소에
있었다. 그녀는 독고타이에게서 배운 노래를 기억하고
있었고, 자신이 위안부였음을 증명해야 하는 면담 자리
에서 그 노래를 불렀다.

"창밖에 남자들이 있어요?"

그녀의 집이 4층이라는 걸, 창 너머가 발붙일 곳 없는
허공이라는 걸 그녀에게 일깨워줘야 할까. 하지만 그러
면 그녀가 완전히 말문을 닫아버릴 것 같다. 침묵조차
내게 들려주지 않을 것 같다.

복도는 발자국 소리 하나 없다. 조금 전까지 차 시동
소리가 들려오던 거리도 조용하다.

"창문을 닫을까요?"

나는 묻기만 하고 몸을 일으키지는 않는다. 창문을
닫으면, 화석 덩어리 같은 방 안에 그녀와 영원히 유폐
될 것 같다. 시계, 달력, 못, 그녀의 앞에 유품처럼 놓여
있는 물건들과 함께.

그 흔한 꽃무늬조차 프린트돼 있지 않은 민무늬 벽지
가 괜히 원망스럽다. 상실됐던 기억의 복구가 방 벽지의
무늬에서 시작된 사례가 있다. 친아버지에게 처음 성폭
행을 당할 때 주시했던. 그 사례의 주인공은 어릴 적 자
신의 방 벽지 무늬가 떠오르기 전까지, 자신이 아버지에
게 성폭행을 당했다는 사실을 망각하고 살았다.

*

트라우마이자 고통인 기억을 굳이 되살려야 할까.
누굴 위해서, 무엇을 위해서. 피해자 모두가 증언자가
될 수는 없다. 프로이트는 환각에 시달리던 히스테리
환자를 치료하면서 원인이 되는 기억들을 소멸시키는
데 집중했다.

영화 〈한나 아렌트〉의 한 장면이 문득 떠오른다. 영화
에는 예루살렘에서 열린, 나치 전범 칼 아돌프 아이히만
의 실제 재판 과정이 삽입돼 있었다. 아우슈비츠에서 살
아남은 무슬림 출신 증인이 말을 한다.

*(말을 하다, 말을 잇지 못한다, 일어선다, 증인석 뒤로 걸
어간다, 바닥에 엎드린다, 몸을 격렬히 떤다.)*

기억하지 않아서 미치지 않을 수 있었다.

기억하지 않아서 살 수 있었다.

머리에서 지운다.

마음에서 지운다.

눈동자에서,

살갗에서.

*

그녀의 입술 주름들이 뼈 같다. 청어 가시처럼 가는
뼈가 촘촘히 박혀 입술을 내내 찌르고 있는 것 같다.
　그녀가 말을 하지 않는 건, 그래야 뼈들이 입술을 파
고드는 고통이 그나마 덜하기 때문인지 모른다.
　핀셋 같은 걸로 뼈들을 전부 제거해줘야만 그녀가 입
술을 움직여 말을 할 수 있을 것 같다.

말을 한다는 것.

피해자가 말을 한다는 것.

살아남은 피해자가 말을 한다는 것.

　감포 바닷가에서 민박을 겸한 식당을 하던 큰고모가 못난이 물고기(볼락과 아귀를 반반씩 합쳐놓은 것 같은 물고기를 큰고모는 그렇게 불렀다)의 입을 식칼로 도려내던 장면이 떠오른다. 첫 결혼에 실패하고 서울 아현동 쪽에 있던 직물 가게에서 점원으로 일하며 혼자 살아가던 큰고모는, 마흔다섯 살 되던 해 직물 가게 여주인이 소개한 어부와 재혼했다. 자식이 없던 큰고모와 다르게, 상처한 그에게는 자식이 둘이나 있었다. 두 번째 결혼도 실패할 거라던 형제들의 우려와 달리 큰고모가 안정되고 만족스런 결혼 생활을 이어가자, 아버지는 피서철이면 자식들을 데리고 감포로 내려갔다. 그곳에 머물렀던 여름 어느 날 저녁 나는 마실 물을 가지러 부엌에 들었다. 큰고모가 물고기의 입을 식칼로 거세하는 광경을 우연히 목격했다. 큰고모는 식칼로 단번에 내리치지 않

고, 식칼 끝으로 입 언저리를 꾹꾹 찍어 도려냈다. 마침
내 다 도려내진 입에는 선인장 가시 같은 분홍빛 이빨
이 삐죽삐죽 돋아 있었다.

　식칼 끝이 물고기의 입 언저리 뼈에 박히는 소리가
방 안에 떠도는 듯하다. 스윽― 스윽― 테이프 소리가
그 소리 같다.

＊

　그녀의 입속에는 17만여 개의 죽은 입이 있다.[3]
죽은 그녀들의 죽은 입들이다.

　*죽은 입속에 죽은 입속에 죽은 입속에 죽은 입속에
죽은 입속에 죽은 입속에 죽은 입속에 죽은 입속에 죽
은 입⋯⋯.*

　*죽은 입 하나가 죽은 입들을 벌리며 벌어지려 한다,
말하려, 말하려⋯⋯ 죽은 입들이 벌어지며, 살아 있는
그녀의 입을 벌리려 한다.*

그녀의 입이 벌어지지 않으려 죽은 입들을 온 힘을 다해 억누른다.

말하려, 말하려…….

말하려, 말하려…….

그녀의 입속 죽은 입들이 말 잇기 놀이를 한다.

가슴에 칼…… 큰 거울 하나…… 그날 밤…… 북쪽…… 여기엔 어떻게 왔니?…… 노래를 해라, 춤을 춰라…… 여기엔 어떻게 왔니…… 에미코 언니…… 열일곱…… 아이코…… 야치코, 기요코…… 여기엔 어떻게 왔니?…… 하야쿠 하야쿠(빨리 빨리)…… 여기엔 어떻게 왔니?…… 자주색 원피스…… 만주…… 목화 따다…… 대만…… 내가 죽었다는 점괘가 나와서…… 노래를 해라, 춤을 춰라…… 보고 싶어…… 큰 거울 하나…… 답장은 하지 마세요…… 열두 살…… 이치 니 산 시(하나 둘 셋 넷)…… 노래를 해라, 춤을 춰라…… 파란 하늘에 비행기, 내 맘이 떠난다…… 싱가포르…… 랑군……

히데코, 아사코, 스미코, 마사코, 도키코, 우메코, 미도리…… 가슴에 칼…… 남쪽에서 군인이 많이 온다…….

*

그녀가 말할 수 있는 단어.

그녀가 말할 수 없는 단어.

그녀가 증언하기 위해 필요로 하는 단어는 몇 개일까.
단 하나일 수도 있다.
단 하나의 음절로 된 단 하나 개의 단어.
단 하나의 단어가 그런데 그녀가 말할 수 없는 단어
라면?

위안부 피해자들의 구술 증언을 텍스트로 만들어 책으로 엮는 연구팀에 연구자로 참여하고, 피해자 중 하나인 그녀의 증언 작업이 내게 맡겨진 뒤로, 나는 그녀와 전화로 나눈 대화까지 기록하고 있다. 그녀에게 몇 날 며칠 몇 시에 전화를 걸었는지, 몇 번의 시도 만에 그녀

와 통화가 됐는지, 신호음이 얼마나 길게 울렸는지, 수화
기 너머 그녀의 침묵이 얼마나 길고 깊었는지, 침묵 너머
에서 들려오는 소리까지도…… 나는 눈을 감고도 그녀
의 집 전화번호를 정확히 누를 수 있다.

　그녀의 집으로 전화를 넣을 때마다 나는 조마조마하
다. 그녀가 전화를 받지 않을까 봐서, 그리고 그녀가 전
화를 받을까 봐서. 은근히 그녀의 부재를 바라면서 그녀
가 전화를 받을 때까지 나는 손에서 수화기를 내려놓지
않는다.

　그녀는 피해자 신고를 하긴 했지만 증언하는 데 적극
적인 피해자는 아니다. 피해자 신고를 하고, 위안부 문
제가 언론과 사람들의 관심을 받으면서, 증언 활동을 적
극적으로 하는 피해자들이 있다.

　위안부 관련 신문 기사나 티브이 뉴스 보도, 피해자
들이 모인 집회장에서 나는 그녀의 얼굴을 보지 못했
다. 그녀는 숨어 있는 피해자다.

피해자라고 말하기까지 50년 걸렸다.

그것은 그녀의 말이 아니다. 나는 힘주어 밑줄을 긋는다.

피해자라고 말하기까지 50년 걸렸다.

그녀의 말이어야 한다.

그녀의 입에서 말해진 말.

그녀는 자신을 피해자로 인식하고 있을까. 피해자라
는 말의 뜻을 그녀는 얼마나 이해하고 있을까.

*

건물 계단을 올라오는 발소리가 들려온다. 최소한 두
사람이 엇갈리며 내는 발소리다. 철제문이 열리고 닫히
는 소리, 새시 틀이 녹슬고 뻑뻑해진 창문을 여는 소리.
캐비닛 같은 걸 열었다 닫는 소리, 바퀴 달린 의자 같
은 걸 끄는 소리, 라디오에서 흘러나오는 것 같은 노랫
소리, 전기 포트 속 물 끓는 소리, 수화기에 대고 말하는
것 같은 남자 목소리, 찻잔 같은 걸 유리 테이블에 내려
놓는 소리.

나는 몸을 일으킨다. 창으로 걸어간다. 방을 등지고 서서 창 아래 골목을 내려다본다. 그녀의 방 창문은 건물 뒷골목으로 나 있다. 차 한 대 폭인 골목은 텅 비어 있다. 부패한 음식 쓰레기 냄새가 공기 중에서 맡아진다.

남자들 목소리가 들려온다. 바로 아래 창에서 들려오는 게 분명하다. 창틀에 파란 도자기 화분이 놓여 있다. 화분에 심긴 식물의 철사처럼 메마른 가지들 위로 담배 연기가 거미줄처럼 퍼졌다 흩어진다.

"보이차 드시지요? 처남이 중국 출장 때 사왔다며 선물로 주더군요."

"강 세무사 사무실에서 얻어 마신 적 있습니다. 콜레스테롤을 낮춰주고 다이어트에 효과가 있다는 소리를 어디서 들었는지 인스턴트커피를 끊고 보이차를 마시고 있더군요."

"그래요? 처남 말로는 차갑지도 뜨겁지도 않은 이상적인 차라더군요. 스트레스 해소 효과가 있다는데…… 나는 잘 모르겠습니다. 그래서 강 세무사는 살이 좀 빠졌습니까?"

"웬걸요, 오히려 배가 더 나왔던 걸요. 먹는 걸 워낙 좋아하니까요. 강 세무사 말로는 자신의 식탐이 남다른 게 사주팔자에 진토가 세 개나 있어서라고 하더군요."

"진토요?"

"하하, 그런 게 있답니다…… 근데 누가 다녀갔나요?"

"5층 방주교회 목사요. 11시쯤 교인들과 불쑥 찾아왔지 뭐예요…… 급한 약속이 있어서 나갔다 오느라 찻잔들을 치우지 못했네요."

날이 흐리고 기압이 낮아 말소리가 또렷하게 들린다.

"목사가 여자지요?"

"네, 어쩌다 나이 얘기가 나왔는데 쉰일곱 살이라고 하더군요. 목사라는 여자가 갑자기 축복 기도를 해주겠다고 하더니 15분 넘게 거의 숨도 안 쉬고 아프리카 오지 부족들이나 쓸 것 같은 괴이한 말을 중얼거리더군요. 전도사와 여자들은 추임새를 넣듯 아멘을 외쳐대고요. 중학교 음악 교사였는데 어느 날 방언하는 은사를 받고 목회자 길로 들어섰다고 하대요. 전도사 말로는 하나님이 목사를 통해 교인들에게 당신이 하고자 하시는 말씀을 전한다고 하더군요."

"하나님과 교인들 사이의 통역사인 셈이군요."

"네, 하나님에게서 절대적인 권위를 부여받은 통역사요."

　나는 두 남자가 서로 주고받는 얘기가 흥미로워 창가를 떠나지 못한다.

　"강 세무사는 인간이 발명한 것들 중 가장 사악한 게 신이라고 하더군요. 기독교인들이 하나님이라고 부르는 신과의 약속은 교회와의 약속일 뿐이라고요. 죄와 죄 사함이라는 것도 교회에서 자신들의 절대적 권위를 세우기 위해 발명한 것이라고요. 죄 사함이라는 기적을 실현해 보이려 교회에 첫발을 내딛는 인간들에게 죄와 죄의식을 심어주는 절차를 치르는 거라고요."

　"나는 신의 존재마저도 인간적인 존재, 가시적인 존재로 만들려는 인간의 욕망 때문에 신의 존재가 오히려 신비를 상실한 게 아닐까 반문한 적 있습니다. 방언이라는 것도 신과 일대일로 대화하려는 욕망, 그럼으로써 신에게 선택받은 인간이라는 걸 자기 자신과 교인들에게 증명해 보이고 싶어 하는 욕망이 만들어낸 착어증 같은 게 아닐까 싶어요. 그런데 이렇게 말하는 나도 방언이라는 걸 한 적 있습니다."

　"신 세무사님이요?"

　"중학교 2학년 때 어머니를 따라 교회에 갔다가요. 수요일 저녁 예배가 끝나고, 사람들이 슬금슬금 바닥으로 내려오더니 서로 멀찍이 떨어져 앉아 기도하기 시작하더군요. 녹색 방석이, 예수가 40일 동안 금식 노정한 광야의 바위라도 되는 듯 그 위에 무릎을 꿇고 앉아서요. 짐승이 울부짖는 것 같은 소리를 시작으로 통곡 소리가 여기저기서 들려오더니 사람들 입에서 방언이 터져 나왔습니다. 내 눈앞에서 펼쳐지고 있는 광경이 소름 끼치게 무서워서 뛰쳐나가고 싶었지만 몸이 쇳덩이처럼 굳어 꼼짝할 수 없었어요. 그래서 두 눈을 질끈 감고서 아무 말이나 나오는 대로 미친 듯이 중얼거렸는데 어느 순간 방언이 터져 나왔어요."

"굉장한 경험이었겠는데요."

"네, 굉장히 끔찍하고 이상한 경험이었습니다. 내가 먹지도 않은 괴상한 음식이 쪼개지고 으깨져 입으로 게워지는 걸 두 눈으로 바라보는 기분이었어요. 다행히 내가 방언을 한 건 그때가 처음이자 마지막이었습니다. 어머니를 따라 교회에 간 것도요. 방언하는 동안 나는 내 자신이 신적인 그 어떤 존재와 대화한다는 느낌을 받지 못했습니다. 발작 같은 것, 뭐랄까…… 내 의지로는 통제 불가능한 것이었습니다. 방언하는 꿈을 간혹 꾸는데 내겐 악몽도 그런 악몽이 없습니다. 대학교 때 심리학을 부전공한 것도 그때 내가 짧지만 강렬하게 경험했던 걸 이성적으로 이해하고 싶어서였어요."

"심리학을 부전공하셨어요?"

"덕분에 정신분석가로 활동하는 친구도 있습니다. 그 친구 말에 따르면, 정신분석학적으로 언어는 감정을 담는다더군요. 언어가 담을 수 없는 감정의 폭발이 일어나는 순간 의식이 언어의 세계를 닫아버리면서 언어를 토하는 의식과 혀의 기능에 부조화가 발생하는데, 그것이 방언이라더군요."

"참, 신 세무사님, 어머니는 요양원 생활에 잘 적응하고 계세요?"

"지난 토요일에 집사람과 뵈러 다녀왔는데 우리가 20분 남짓 머무는 동안 말씀 한마디 하지 않으시고 천장만 고집스레 바라보고 누워 계셨습니다. 어머니가 요양원의 그 누구하고도, 심지어 자신하고도 대화하고 싶어 하지 않으신다고, 담당 요양보호사가 귀띔해주더군요. 집사람은 당신을 요양원에 보낸 우리에게 화가 나서 어머니가 아무 말씀도 하지 않으시는 거라고 하지만 나는 그렇게 생각하지 않아요."

"그럼요?"

"어머니는 요양원에 들어간 걸 계기로 마침내 인간들과의 대화를 완벽하게 중단하신 거예요."

"인간과의 대화요?"

"그게…… 어머니는 인간의 언어, 인간들이 소통하기 위해 만든 언어를 상스럽고 하찮게 여기셨어요. 어느 정도였는가 하면 하나님을 믿지 않는 여자들이 모여서 인간의 언어로 세상적인 것에 대해 얘기하는 걸 혐오하셨지요. 병적일 정도여서 티브이 드라마도 일절 안 보시고 성경 이외의 책은 절대 읽지 않으셨어요. 가족들과도 꼭 필요한 대화만 하셨으니까요. 아버지는 그런 어머니를 참기 힘들어 하셔서 두 분은 내내 불화하셨지요. 나이가 드시고 아버지도 교회에 나가셨지만 어머니는 아버지를 끝끝내 진정한 신앙인으로 인정하지 않으셨어요."

창 아래 골목으로 낡은 승합차가 지나가며 내뿜는 매연이 올라온다. 나는 훌쩍 뒤를 돌아다본다. 그녀는 녹음기 앞에 석고상처럼 앉아 있다. 스윽— 스윽— 소리가 그녀를 둘러싸고 떠돈다.

나는 창문을 닫는 대신에 커튼을 친다.

*

　방 안에 연둣빛이 옅게 감돌아 묘한 분위기가 만들어
진다.

　그녀의 얼굴에 연둣빛이 아문 멍 자국처럼 어려 있
다. 그녀의 입에도 연둣빛이 돈다.

　그녀의 침묵을 흉내 낼 수 없다.

　"꼭 그 얘기가 아니어도 돼요."

　"그냥 아무 말씀이나 하셔도 돼요. 요즘 즐겨 보시는
드라마 얘기를 하셔도 되고…… 종일 혼자 계세요?"

　그녀가 살피는 눈빛으로 날 바라본다. 내가 누군지
기억해내려 애쓰는 듯한 표정이 그녀의 질박한 얼굴에
떠오른다. 그녀에게 다시 설명해야 할까. 그러니까 내가
누구이고, 왜 그녀 앞에 녹음기라는 이물스런 물건을 놓
아두고 앉아 있는지를.

　그녀는 날 누구라고 생각할까.

　첫 방문 때 나는 이름과 하는 일, 그녀를 만나러 서울
서 내려왔다는 것 정도만 얘기하고 증언 작업에 대해

(증언 작업이 어떤 의미를 갖고, 얼마나 중요한지) 설명했다. 일본군 위안부 관련 자료가 고의적으로 폐기되거나 은폐돼, 피해자들의 구술 증언이 절대적으로 중요하다는 걸 강조해 말했다. 나는 그녀가 내 말을 귀담아듣고 있다고, 충분히 이해하고 있고 받아들이고 있다고 판단했다. 그래서 구술 증언이 어떤 방식으로 진행되는지 그녀에게 설명한 뒤 준비해온 녹음기를 가방에서 꺼내 그녀 앞에 놓았다. 나중에 다른 피해자들의 녹취 증언과 함께 책으로 묶어 펴낼 계획이지만 그녀의 동의 없이 책에 싣지는 않을 거라는 말도 잊지 않고 했다. 녹음기의 녹음 버튼을 누르기 전 나는 혹시나 싶어 그녀에게 말했다. *지금부터 할머니께서 제게 들려주시는 모든 말씀이 녹음될 거예요.*

*

나는 쪼그라들어 검은 구멍이 된다.

녹음기에 들러붙는다.

한 개가 더해져 구멍은 401개가 된다.

구멍인 나는 게걸스레 그녀의 입을 빨아들인다. 그녀의
혀를, 목젖을, 목구멍을, 그 밑에 가라앉아 있는 낱말들을.

그때, 어디선가 전화벨이 울린다. 가까운 듯 멀어 영
화 속 빈집에서 울리는 전화벨 소리 같다. 내 눈길이 저
절로 미닫이문을 향한다. 간유리가 가늘게 떨리는 게 느
껴진다.

"전화가 오는 것 같아요."

다른 집에서 울리는 전화벨일까. 그녀가 세든 건물은
옆집 좌변기 물 내리는 소리도 들릴 만큼 허술하고 금
간 곳투성이다.

전화벨 소리도 녹음기에 고스란히 녹음된다. 1분 남
짓 울리다 잦아들었다, 조금 뒤 다시 울린다. 일곱 번 울
리고 나서야 멎는다.

*

들어주지 않는 꿈[4]을 그녀는 내내 꾸고 있는 건 아
닐까.

들어주겠다는 말을 그녀에게 하지 않았다.

믿어주겠다는 말을.

피해자의 말이 전부 진실은 아닐 테니까. 50년 전의 일을 기억해내 들려주는 것이어서 의도하지 않은 왜곡이 있을 수 있으니까. 증명할 만한 서류나 사진 한 장 없는 경우, 자신의 진술이 거짓이 아니란 걸, 꾸며낸 게 아니란 걸, 어떻게 증명할 수 있을까. 다른 피해자들의 말이 증거가 돼준다. 다른 피해자들의 말이 각주가 돼 달린다.

그녀가 글자를 읽고 쓸 줄 알아서 일기로 기록했더라면······.

하지만,

일기에도 쓸 수 없는 게 있다.

*

"갔어요?"

"사람들……요."

나는 그렇게 그녀의 환각에 동참한다. 환각이 기억이
되돌아오는 전조인 경우도 있으니까.

환각을 통해 잊고 있던 경험을 반복해 겪기도 한다던
가. 그걸 실제로 경험했을 때 느꼈던 감정들이 같은 강
도로 고스란히 되살아난다고.

기억이 되돌아오지 않게,

기억을 살해한다.

*

"1992년 11월에 신고하셨잖아요. 신고하는 게 쉽지
않으셨을 것 같은데 어떻게 하시게 됐어요?"

유 계장에게서 받은 자료에 따르면, 그녀는 1992년
11월 6일에 전화로 위안부 신고를 했다. 나는 지난 두
번의 면담 때도 같은 질문을 했지만 대답을 듣지 못했다.

"위안부 신고 접수를 받는다는 걸 어떻게 아셨어요?"

"중학교 문구점에 붙어 있던 위안부 신고 전화 전단
지를 보고 아셨다는 분도 계시더라고요. 취로사업에 나
갔다, 히로시마 원폭 피해자 할머니가 귀띔해줘서 아셨
다는 분도 계시고요."

그녀의 손이 담뱃갑을 집어 든다. 담배 한 개비를 꺼내
입으로 가져간다. 첫 방문 때 그녀는 줄담배를 피웠다.

위안소에서 군인에게 담배를 배웠다는 어느 피해자
의 말이 떠올라 나는 그녀에게 묻는다.

"담배는 언제부터 피우셨어요?"

그녀의 입이 담배를 물려 벌어진다.

입술의

첫 벌어짐.

첫 다물림.

뭐가 먼저였을까.

첫 벌어짐도 없다, 첫 다물림도.

그녀 앞에 전화번호부가 놓여 있는 게 신경 쓰인다.
전화번호를 찾고 있었던 거라면 누구의 전화번호를 찾
고 있었던 걸까.

그녀가 재떨이 옆 라이터를 집어 담배로 가져간다.
재떨이는 담배꽁초 하나 없이 깨끗하다.

그녀의 입에서 피어오르는 담배 연기가 발화하지 못
한 말들이 연소하면서 발생한 연기 같다.

*

그녀에게 '나'라는 글자를 가르친다.

굵고 진한 심이 박힌 연필을 그녀의 손에 들려준다.

백지를 그녀 앞에 놓아준다.

백지는 수의壽衣가 돼 그녀를 삼킨다.

*

그녀는 침묵조차 들려주지 않는다.

*

그녀의 두 눈동자가 벽시계를 향한다. 그녀는 시간을 보고 있는 걸까, 시계라는 사물을 보고 있는 걸까.

"갔어요?"

"남자들 말이에요."

그녀의 두 눈동자가 나를 향하다 말고 텅 빈 곳에 고정된다.

"다시…… 다시 왔어……."

"남자들이 다시 왔어요?"

2부

*

그녀의 목소리가 기억나지 않는다.

*

침묵하는 쪽이 그녀가 아니라 나 자신 같다.

그녀의 침묵이 그리고 내 침묵이, 점자책처럼 녹음기 옆에 차곡차곡 쌓인다.

그녀도, 나도 어디로 가버리고 연두색 커튼을 친 방에 녹음기만 덩그러니 놓여 있다.

녹음기 속 테이프가 저 혼자 묵묵히 돌아간다.

*

"하고 싶지 않은 얘기는 하지 않으셔도 돼요."

그녀에게 글자가 아니라 말을 가르쳐야 하는 게 아닐까.

나는 그녀의 얼굴을 바라본다. 무두질로 윤기와 잔털을 제거한 가죽 같은 살갗을, 눈 밑 시퍼렇게 불거진 정맥을, 눈꺼풀 위 네 겹의 주름을, 코 양 끝에서 입술 언저리까지 목탄으로 칠한 듯 짙게 드리워진 그늘을, 이마의 짓무른 살구 꽃잎 같은 검버섯들을.

그녀의 입을 벌리고 죽은 입 하나를 꺼낸다.

죽은 입을 녹음기 400개의 구멍 위에 올려놓는다.

*

그녀의 입이 벌어지며 검누런 앞니들이 이물스레 드
러난다.

마모되고 썩어, 부식된 톱날 같아진 앞니들 새가 벌
어져 있다.

혀가 입천장을 찬다. 츳, 츳, 츳, 츳······.

연료가 바닥난 차에 시동을 걸듯 혀는 연신 입천장을
찬다.

말을 참느라 혀와 입이 경직돼 일으키는 히스테리성
발작 증상일까. 지난 두 번의 방문 때는 보이지 않던 행
동이다.

그녀의 혀 발작은 4분 23초 동안 지속된다.

*

그녀는 몸짓도 없다.

"할머니는 뭐가 가장 무서우세요?"

"평소에 무서운 거요…… 부산에 사시는 할머니는 맨
홀 뚜껑이 가장 무섭대요. 길 가다 보면 수도관이나 하
수구로 통하는 구멍을 덮어놓은 뚜껑이요. 눈이 멀고 시
장에 장 보러 가다 맨홀에 빠지신 뒤로요. 백내장 수술
받으시고 시력이 나아지셨는데도 맨홀 뚜껑이 무서워
서 혼자서는 외출을 못 하신대요…… 그 할머니도 같
은 일을 겪으셨어요."

"할머니하고 같은 일이요."

"저는 날개 있는 게 무서워요. 나비, 나방, 새, 닭……
잠자리도요. 그래서 잠자리들이 날아다니는 숲에는 못
들어가요. 어머니 말로는 제가 아장아장 걷기 시작할 때
무서운 줄 모르고 수탉 뒤를 졸졸 쫓아다녀서, 새침데기
박순미가 말괄량이를 낳았다고 혼잣말을 중얼거리며
웃으셨다던데……."

"비둘기가 무서워서 공원 같은 데도 잘 안 가요. 모
르는 사람들은 제가 비둘기를 싫어한다고 생각해요.
무서워하는 건데…… 비둘기가 제 입으로 날아들까 봐

서요······.”

　“그 커다란 날개 가진 것이요.”

　비밀이랄 것도 못 되지만 아무에게도 하지 않았던 말
을 나는 그녀에게 하고 있다. 나는 말이 많은 편이 아니
다. 외출해 평소보다 말을 많이 하고 귀가한 날이면 상
처투성이가 돼 동굴로 돌아온 동물이 된 듯한 기분이다.
그런 날 밤에는 평소 즐겨 듣는 라디오도 켜지 않는다.
어둠 속에 시체처럼 누워 입을 지우고 지운다.

　“할머니는 무서운 거 없으세요?”

　그녀는 말을 참는 것인지도 모른다.

　혀 위에 웅크리고 있는 단어를 입 밖으로 내보내지
않으려, 윗입술과 아랫입술을 악착같이 맞물리고 있는
것인지도.

*

 무선호출기가 또 울린다. 그 여자일까. 오늘 그녀를 찾아뵙기로 했다는 걸 그 여자에게 말했던가.

 황 할머니와 뵙기로 약속이 돼 있다고. 가능한 한 사무적인 어조를 유지하려 신경 쓰며 그렇게 말한 건 기억난다.

 그녀의 기억이 가장 선명했던 때는 어쩌면 1982년 무렵이 아니었을까. 그해 초봄 그녀는 부산에 소재한 ㅊ정신병원에 입원했다. 그녀가 정신병원에 입원했던 경력이 있다는 걸, 나는 닷새 전 그녀의 여동생인 그 여자와 전화통화를 하고 나서야 알았다. 토요일이던 그날 그 여자는 오전 11시쯤 내 무선호출기에 대구 지역 번호가 포함된 자신의 집 전화번호를 남겼다. 마침 증언 연구팀 회의가 있는 날이었다. 나는 오후 4시가 넘어서야 회의를 마치고 집으로 가는 길에, 지하철역 안 공중전화에서 전화를 넣었다. 그사이에 그 여자는 전화번호를 세 차례 더 남겼다.

 그녀에게 여동생이 있다는 걸, 나는 유 계장에게 들어서 알고 있었다. 내가 자매의 관계가 어떤지 궁금해하자 그녀는 잠시 우물쭈물하다 할머니가 자신에게 여동생 애기를 한 번도 한 적이 없는 걸 보면 왕래가 잦지는 않은 듯하다고 자신 없는 목소리로 말했다.

그 여자는 자신이 황 할머니의 친여동생임을 밝힌 뒤, 내가 그녀를 만나는 목적이 무엇인지 추궁하듯 물어왔다.

"……증언 작업 때문에요."

"증언이요?"

"네…… 할머니께서 구술로 증언하시면 그걸 글로 풀어 책으로 엮는 작업이요…… 할머니만 하시는 게 아니라……."

지갑에서 백 원짜리 동전 두 개를 꺼내 공중전화 투입구에 다급히 밀어 넣는 내게 그녀가 물어왔다.

"언니가 하겠다고 했어요?"

"네, 할머니께서 하시겠다고……."

그 여자는 내 말이 끝나기 전에 추궁하듯 되물었다.

"언니가 정말로 하겠다고 했어요?"

"……이미 두 차례 면담을 가졌어요."

전화선 너머 여자가 머리를 가로젓는 게 느껴졌다. 잠시 말을 잇지 못하던 여자는 혼잣말인 듯 그러나 분명한 목소리로 중얼거렸다.

"정신도 온전하지 않은 사람이 증언을 제대로 하겠어
요?"

그 말의 진의를 제대로 파악하지 못한 내가 피의자
의 증언이 어떤 의미를 갖는지 설명하려 들자 여자가
대뜸 물어왔다.

"언니가 정신병원에 입원했었던 건 알고 있나요?"

"정신병원에요?"

"1982년 초봄에 미쳐서는 벌거벗고 거리를 활보하
는 언니를 내가 정신병원에 입원시켰어요."

"황 할머니께서 정신병원에 입원하셨었어요?"

"당부하는데 언니를 만나지 말아요."

"……."

"언니는 증언 같은 거 못 해요."

"……1982년도라고 하셨어요?"

"그래요. 내가 언니를 ㅊ정신병원에 입원시켰어요.
아무튼 언니는 증언 같은 거 못 하니까, 아니, 증언 같은
거 안 할 거니까, 그렇게 알고 언니 집에 함부로 찾아가
지 말아요."

"하지만 찾아뵙기로……."

"찾아가도 언니가 만나주지 않을 거니까 괜히 헛걸

음질하지 말아요. 진주가 서울에서 가까운 것도 아니
고⋯⋯."

ㅊ정신병원은 1989년에 폐업했다. 그 여자와 통화
후 나는 ㅊ정신병원을 수소문했고 경영 악화로 문을 닫
았다는 걸, 한국전쟁 직후 지어진 병원 건물이 헐린 자
리에 대형 쇼핑몰이 들어섰다는 걸 알게 됐다.

그 여자는 내 무선호출기 번호를 어떻게 알았을까.
그녀가 알려줬을까. 나는 그녀에게 여동생 얘기를 꺼
내려다 만다.

"고향 집 떠날 때가 몇 살이셨어요?"
그녀는 열다섯 살에 위안부로 동원됐다. 알고 있으면
서 질문하는 이유는 어떻게든 그녀의 침묵을 깨뜨리기
위해서다.

"열한 살에 끌려가신 분도 계세요⋯⋯."
내 말에 그녀는 별 반응을 보이지 않는다.

"계셨던 데가 위안소라는 걸 언제 아셨어요?"

"인천에 사시는 할머니는 위안부였던 다른 할머니가 티브이에 나와 말하시는 걸 듣고서야 당신이 다녀온 데가 위안소였다는 걸 아셨대요."

"신고하실 때 힘들지 않으셨어요?"

*

400개의 구멍이 하루살이 떼처럼 날아오른다.

그녀의 꽉 다물린 입에 달라붙는다.

스윽— 테이프의 왼쪽 트랙에 감겨 있던 필름이 오른쪽 트랙으로 옮겨가 감긴다. 안간힘을 다해 버티던 녹음 버튼이 툭 소리를 내며 튕겨 오른다.

나는 녹음기를 집어 든다. 필름이 다 돌아간 테이프를 꺼낸다. 60분 길이의 테이프에 그녀의 말은 겨우 대여섯 마디 녹음됐다.

테이프에 부착된 메모난에 글자를 적어 넣는다.

1997년 8월 9일 pm 1:15~2:15.

가방에서 빈 곽을 꺼내 그것에 테이프를 집어넣는다.
비닐 포장을 뜯은 새 테이프를 녹음기에 장착한다. 녹음
버튼을 누른 녹음기를 그녀의 발 앞에 내려놓는다.

그녀의 입이 오그라든다.
혀가,
목젖이,
목구멍이.
철사처럼 쪼그라든 목구멍 아래,
횟집 수족관 속 죽은 광어처럼 잠잠히 엎디어 있던
단 하나의 단어가.

*

진리를 말하는 침묵…… 어느 책에서 읽은 문장인지
기억이 안 난다.

방언도 일종의 실어증이 아닐까. 브로이어의 히스
테리 사례 연구에 등장하는 안나 O.는 '괴롭힌다, 괴
롭힌다'는 말을 반복하다 실어증에 걸린 뒤로 모국어인
독일어가 아니라 영어로만 말을 한다. 극심한 불안에 사

로잡힌 순간에는 독일어를 제외하고 여러 언어로 말을 한다.

 그녀에게도 다른 언어가 필요한 걸까.

 말을 하기 위해서.

 말을 하지 않기 위해서.

*

 말을 하지 않기 위한 말하기.

 말하는 걸 잃어버리기 위한 말하기.

*

 (내가 그녀를 위해 준비한 최초의 질문)

 듣기

(최후의 질문)

듣기

(최선의 질문)

듣기

*

나는 흐트러진 자세를 바로 하고 방 안을 둘러본다. 거울이 없다. 시간과 관련된 사물들인 달력과 시계만 벽을 하나씩 차지하고 있다.

가슴에 칼.

방 안에 큰 거울.

*

인간과 동물의 가장 큰 차이가, 인간에게는 특정한 타자가 있는 것이라던가. 특정한 타자를 만들고, 그 타자에게 의미를 부여하는 것은 언어라고. 엄마가 아이에게 가장 큰 영향을 미치는 지점은 언어, 말이라고. 언어는 심지어 없는 감정을 만들어내기도 하고, 지금의 감정을 다른 감정으로 바꾸어놓기도 한다고. 아이가 엄마에게 걸려드는 것은, 엄마가 아이에게 말을 하는 존재이기 때문이라고. 처음으로 말을 걸어주고, 내 말을 들어주는 타자이기 때문이라고.

나는 노트를 앞으로 넘긴다. 며칠 전 책에서 옮겨 적은 글을 읽는다.

(환자가 히스테리의 원인이 되는 사건을 다시 완전하게 기억해내고 동시에 그 기억에 얽혀 있는 감정들을 불러일으키는 데 성공하면, 그리고 그 사건에 대해 가능한 한 상세하게 진술하고 감정들을 말로 표현하게 된다면, 개개의 히스테리 증상은 소멸되고 두 번 다시 일어나지 않는다.)

하지만 그녀는 히스테리 환자가 아니고, 나는 정신분석가가 아니다. 나는 치료를 목적으로 그녀를 만나고 있는 게 아니다. 그녀에게 상실된 언어를 되찾아주려 찾아온 언어치료사도 아니다.

그녀는 종일 혼자 있는 걸까. 첫 번째 방문 때는 3시간, 두 번째 방문 때는 4시간 남짓 나는 그녀의 집에 머물렀다. 그동안 그녀의 집에는 아무도 찾아오지 않았다. 전화벨도 울리지 않았다.

그녀에게 무슨 말을 하려고 했는데…… 그녀에게 하려고 했던 말이 기억나지 않는다. 그녀에게 무슨 말이든 해야 한다는 걸 알지만 나는 아무 말도 하고 싶지 않다.

나는 시계를 바라본다. 시간은 2시 35분을 지나고 있다. 내가 그녀의 집에 도착했을 때 시계는 1시 5분을 가리키고 있었다.

그녀는 해방되고 싱가포르 유엔 포로수용소에서 지내다가 1946년 가을에 귀환선을 타고 부산으로 돌아왔다. 그녀는 김해 고향 집에 돌아가지 않았다. 1946년부터 1992년 11월 신고할 때까지 그녀가 어디서, 어떻게, 무엇을 하며 살았는지는 유 계장도 모르고 있다.

내 눈길이 그녀의 어깨 너머 미닫이문을 향한다. 미닫이문은 닫혀 있다. 미닫이문 너머에 누군가 있을 것 같다. 하지만 누가? 그녀는 혼자 살고 있다.

　지난 두 번의 방문 때도 미닫이문은 닫혀 있었다.

“사람들은 갔어요?”

“남자들요…….”

“다시 왔다는…….”

*

“얘기 안 하셔도 돼요…….”

“하고 싶지 않으시면 아무 얘기도…….”

　그러면서도 나는 녹음기를 거두지 않는다. 받아쓸 문장을 기다리는 초등학생처럼 손에 쥔 볼펜을 초조히 만지작거린다.

*

그녀의 왼손 손가락들이 뻣뻣하게 경직된다. 포도나무 줄기처럼 그악스럽게 뻗은 손등 정맥들이 살갗을 찢고 터질 듯 팽창하는가 싶더니, 엄지손가락이 장판지를 두드리기 시작한다. 탁, 탁, 탁, 탁, 뭉툭한 엄지손가락 끝이 개나리색 리놀륨 장판지를 두드리는 소리가 마치 전보를 타전하는 소리 같다.

탁, 탁, 탁, 탁…… 일정한 간격을 두고 강박적으로 반복되는 소리는 고스란히 녹음기 속 테이프에 녹음된다. 일종의 틱 발작일까.

탁, 탁, 탁, 탁…… 나로서는 해독 불가능한 타전 소리가 거슬린다.

내 손이 조심스레 그녀의 손에 다가간다.

내 손은 그녀의 손에 닿기를 망설인다.

내 새끼손가락이 살짝 닿는 순간 그녀의 엄지손가락이 사후경직에 든 벌레처럼 긴장한다.

내 손바닥이 그녀의 손등을 슬그머니 누른다.

그녀의 고개가 나를 향해 들리는 동시에 내 손바닥 아래에 있던 그녀의 손이 거칠게 빠져나간다.

"손이 떨고 있어서요……."

"손가락들이요……."

그녀에게 몸이 있다는 걸 잊고 있었다. 몸의 기억이 있다는 걸.

몸이 존재하는 한 삭제 불가능한 기억이 있다는 걸.

자신의 몸에 첫 금이 가던 순간을 그녀는 기억할까.

첫 번째 강간, 두 번째, 세 번째, 네 번째, 다섯 번째……

임질, 매독, 아편중독.

인도네시아 스마랑에서 위안부 경험을 한 피해자는

열다섯 살부터 스물두 살까지 위안소 업주가 놓아주는
아편을 맞았다. 처음에는 한 대, 나중에는 두 대, 토요일
과 일요일에는 다섯 대.

　해방되고 연합군 포로수용소에서, 귀환선에서 그녀
는 자신의 몸에 아편 주사를 놓았다.[5]

　그녀는 임신한 경험이 있을까.

＊

　*그녀는 자신이 기억하는 것보다 더 많은 걸 기억하고
있는지 모른다. 모든 걸 기억하고 있는지도.*
　말하지 않기 위해.
　망각하기 위해.

　나는 녹음기를 조금 더 그녀 가까이 밀어놓는다. 녹
음기에서 손을 거두고 그녀를 살핀다. 그녀는 녹음기를
전혀 신경 쓰지 않는 눈치다.

　그녀는 자신의 침묵이 고스란히 녹음기에 녹음되고
있다는 걸 인식조차 못하고 있는 게 아닐까.

첫 방문 때 나는 그녀의 침묵이 혹시나 녹음기에 대
한 거부감 때문이 아닐까 했다. 그래서 그녀의 침묵이
너무 길어진다 싶으면 말했다.

녹음기는 신경 쓰지 않으셔도 돼요.

녹음기에, 테이프 감기는 소리에 예민하게 신경을 곤
두세우고 있는 쪽은 그녀가 아니라 나다.

"이름을 밝히지 않으셔도 돼요."

증언 녹취 작업은 열두 명의 피해자를 대상으로 동시
에 진행 중이다. 그중 실명을 밝히는 것에 동의한 피해
자는 단 한 명이다. 그 피해자에겐 자식이 없고, 그녀가
위안부였다는 걸 그녀의 가족과 이웃들이 알고 있다.

"책으로 묶을 때 가명을 쓰시면 돼요."

"다른 이름이요."

"황수남이라는 이름 말고…… 다른……."

"……요코."

순간 환청인가 한다. 바람 소리이거나. 그녀의 입은 그새 한 번도 열린 적 없는 듯 다물려 있다. 그녀의 목소리가 너무 작고 낮아 녹음기에 녹음되지 않았으면 어쩌나 싶다.

"누구요?"

"방금 사람 이름을 말씀하시지 않았어요?"

"일본 여자 이름이요……."

요코는 누굴까. 위안소에서 불렸던 그녀 이름일까.

"이름은 누가 지어줬어요?"

"이름이요."

"군인이 지어줬어요?"

"미츠코……."

"대만으로 가는 군함에서 일본 해군이 미츠코라는 이름을 지어줬대요."[6]

*

"어릴 때 이름을 기억 못하시는 분들도 계시던데……."

"돌아오지 못한 분들 중에요…… 우리말을 잊어버려서요."

"돌아오지 못한 분들이 계시니까요."

"더 많으니까요."

"돌아오신 분들보다 돌아오지 못한 분들이 더……."

내가 한 말들을 지우고 싶다.

테이프 필름에 새겨진 목소리를 지우는 것은 간단하
다. 문제는 내 목소리와 함께 그것에 덧입혀진 그녀의
침묵도 *삭제*된다는 데 있다.

＊

노트 종잇장을 넘긴다.

볼펜을 힘주어 잡는다.

종이에 마침표를 찍는다.

0.5밀리 볼펜 심을 마침표에 밀어 넣는다.

마침표가 너덜너덜 구멍이 될 때까지 헤집는다.

구멍으로 침묵이 삼켜진다.

＊

"외출은 잘 안 하세요?"

그녀의 오른손이 장판지 바닥을 쓴다. 의미 없이, 그런데 어미 새가 죽어가는 새끼를 날개로 쓰다듬는 것 같다.

그녀가 날 응시한다. 순간 나는 면도날에 이마나 목을 베이는 것 같은 오싹한 느낌에 몸서리친다.
그녀의 눈빛에 날이 서 있다.
내 얼굴을 난도질하는 것 같은 눈빛을 견디며 나는 그녀 앞에 버티고 앉아 있다.

그녀의 입술이 비틀리더니 비웃음 같은 표정이 떠오른다.

"왜요?"

"왜 그러세요?"

*

그녀는 부재한다.

그녀는 깊은 부재 속에 존재한다.[7]

*

쉼표를 그려 넣을 수도 없다.
말줄임표를 달 수도 없다.
마침표를 찍을 수도 없다.

아직 끝나지 않았으니까, 시작도 안 했으니까.

그녀의 침묵을 카메라 영상에 담는 게 나을지도 모르겠다.
관객이라고는 나 혼자인 극장에서 자막 한 줄 없는, 정지된 게 아닌가 의심될 만큼 느린 영상이 지루하게 흐르는 영화를 보는 기분이다.

*

"할머니, 저 물 좀 마실게요."

아까부터 목이 마르다. 고속버스에서 내려 음료라도 사 마신다는 걸 깜박했다. 고속버스를 타고 오는 내내 나는 그녀를 만나지 못할까 봐 초조했다. 그래서 고속버스에서 내리자마자 택시 승강장으로 걸어가 대기하고 있던 택시에 올라탔다. 서울 경부터미널 공중전화 부스에서 세 번, 천안휴게소 공중전화 부스에서 두 번 전화를 넣었지만 그녀는 받지 않았다.

나는 그녀 앞에 놓인 파란 플라스틱 컵 속을 들여다본다. 보리차 같은 마실 물이 들어 있는 줄 알았는데 비어 있다.

그녀에겐 빈 용기가 필요하다.

그녀는 빈 용기 속에 죽은 나방을 담듯 시선視線을 담는다.

나는 노트를 녹음기 옆에 내려놓는다. 손에 내내 쥐

고 있던 볼펜도 노트 옆에 나란히 놓는다. 가방 속 무선 호출기가 또 울린다. 나는 녹음기 속 테이프 필름이 왼쪽 트랙에서 오른쪽 트랙으로 옮겨가 감기는 걸 바라보다 몸을 일으킨다.

부엌 가스레인지 위 창은 가제 손수건의 반만 하다. 배추 한 포기밖에 담지 못할 만큼 좁은 개수대 통이 딸린 싱크대. 구식 중형 냉장고와 그것에 바짝 붙여놓은 2인용 식탁. 의자 하나. 식탁에 기대 세워놓은 둥근 나무 밥상, 그 옆 오이색 플라스틱 쓰레기통.

개수대 위 건조대에 포개져 있는 식기들—짙은 갈색 옹기 재질의 국그릇 하나, 밥그릇 하나, 계란프라이를 담기에 적당한 흰 사기 접시 두 개, 손잡이가 없고 디자인이 투박한 겨자색 사기잔 하나, 보라색 포도송이가 그려진 투명 유리컵 하나. 건조대에 기대 세워놓은 나무 도마. 살림이 늘어져 있는 걸 못 참는 깔끔한 성격인지 냄비 같은 건 나와 있지 않다. 가위나 식칼은 꼭꼭 숨겨둔 듯 눈에 띄지 않는다.

나는 식탁 위를 둘러본다. 보온에 불이 들어와 있는

노란 밥솥, 파란 플라스틱 수저통, 탄 자국이 있는 플라스틱 냄비 받침대, 투명 플라스틱 물통.

물통에는 보리차가 반 넘게 들어 있다. 나는 사기잔과 유리컵을 건조대에서 내려 식탁 위에 놓는다. 물통 속 보리차를 차례로 따른다. 사기잔과 유리컵을 하나씩 양손에 나눠 들고 방으로 간다.

사기잔을 그녀 앞에 놓아주고 유리컵은 내 앞에 내려놓는다. 가방에서 무선호출기를 꺼내 남겨진 호출번호를 확인한다. 호출번호 5개 전부 그 여자 집 전화번호다. 나는 무선호출기를 도로 가방 속에 집어넣고 볼펜을 집어 움켜잡는다.

그사이에 녹음기 속 테이프가 다 감긴다. 나는 테이프를 꺼내 앞뒤 방향을 바꿔 장착한다. 녹음 버튼을 누르고 그녀 앞에 녹음기를 내려놓는다.

*

"그 여자가 왔다지……."

"네?"

"그 여자가……."

그녀는 내가 아니라 녹음기를 뚫어져라 바라본다.

"누구요?"

                                    *

"그 여자요?"

"…… 왜 왔대?"

방 안 연둣빛은 짙어져 있다.

"왜…… 이제야……."

                                    *

"누굴 말씀하시는 거예요?"

"들었어…… 그 여자가 왔다고…… 티브이에도 나왔다며……."

"누굴 말씀하시는 건지……?"

"말도 못한다며……."

"말을요?"

"벙어리는 아닌데 말을 하나도 못한다고……."

*

"혹시 훈 할머니[8] 말씀하시는 거예요?"

　며칠 전 캄보디아에 사는 위안부 피해자가 한국에 왔다. 캄보디아 프놈펜에서 위안부 생활을 하던 그녀는 일본이 패전하고 현지에 버려졌고 50년 동안 한국인인 걸 숨기고 살아서 한국어를 잊어버렸다.

"……왜 왔대?"

그녀의 목소리에 적의와 의심이 배어 있어서 나는 놀란다.

"찾고 싶어서요."

"뭘……?"

"뭘요?"

"뭘……."

"잃어버린 걸요……."

그녀가 녹음기에서 시선을 거두고 날 바라본다.

"잃어버린 거요…… 부모님이 지어주신 이름, 어릴 때 살던 집, 남동생……."

"그리고…… 모든 걸…… 찾을 수 있는 모든 걸요……
하나라도……."

뭔가 이상하다. 나는 그녀 앞에 놓인 물건들을 살핀
다. 담배, 재떨이, 라이터, 두루마리 화장지, 가재 손수
건, 돋보기, 파란 플라스틱 컵, 전화번호부. 정물화 속 사
물들처럼 전부 제자리에 놓여 있다. 보리차가 담긴 사기
잔이 그녀 앞에 놓여 있는 것 말고는 달라진 게 없다.

400개의 구멍도 녹음기에 온전히 붙어 있다. 그런데,
테이프가 돌아가지 않는다. 테이프 필름이 감기는 소리
가 아까부터 들리지 않았다는 걸 나는 그제야 깨닫는다.
눌러져 있어야 할 녹음 버튼이 올라와 있다.

*

녹음기 버튼이 저 스스로 팅겨 올라왔을 리가 없다.
한 번도 그랬던 적이 없으니까.

"혹시 녹음기 만지셨어요?"

"녹음기가 꺼져 있네요."

나는 녹음 버튼을 누르지 않는다.

*

　나는 녹음기를 집어 든다. 테이프를 꺼내 혹시나 필름이 꼬여 있거나 끊어지지 않았는지 살펴보고 다시 장착한다.
　손가락에 힘을 실어 녹음 버튼을 꾹 누른다. 테이프가 원활히 돌아가는지 확인하고 나서야 녹음기를 그녀 앞에 내려놓는다.

　"어떻게 아셨어요?"

　"훈 할머니가 한국에 오신 걸 어떻게 아셨어요?"

　그녀의 입이 다물린다. 전화벨 소리가 또 들려온다. 아무래도 미닫이문 너머에서 울리는 전화벨 소리 같다. 전화기 코드를 빼버리고 싶은 충동이 들 만큼 전화벨은

집요하게 울린다.

*

혹시나 또 테이프가 멈췄을까 봐 녹음기에 자꾸 눈길
이 간다.

증언하기 위해 살아남았다.[9]

나는 그럴 수만 있다면 녹음기를 그녀 앞에 놓아두고
퇴장하고 싶다.

가방 속 무선호출기가 또다시 삐— 삐— 울린다. 그
여자일 것이다. 그 여자에게 전화하지 말았어야 했다.
오늘 진주에 내려오기로 그녀와 약속이 돼 있다는 걸
그 여자에게 알리지 않았어야 했다.

그 여자가 방 안 어딘가에 서 있는 것 같다. 녹음기를
가운데 두고 마주 앉아 있는 그녀와 나를 지켜보고 있
는 것 같다.

녹음기 400개의 구멍을 훑던 나는 훌쩍 뒤를 돌아다
본다.

빈 벽을 빤히 응시한다.

3부

*

그녀의 다물린 입에서 침묵이 흘러나온다. 진물처럼, 피처럼.

구멍 400개는 그녀의 침묵을 감당하기에는 너무 적다.

내 몸의 구멍들을 녹음기로 옮긴다. 귓구멍을, 입구멍을, 눈구멍을, 땀구멍 하나하나도 빠짐없이.

*

그녀는 말을 참는 것인지도 모른다.

"아무 말씀이나 하셔도 돼요."

"아무 말씀이나요."

그새 테이프 필름이 다 감기고 녹음 버튼이 팅겨 올라간다. 시계는 3시 35분을 지나고 있다.

"데리고 갔어……."

"……?"

나는 녹음 버튼을 누른다. 녹음기를 그녀 앞에 내려 놓는다.

"누굴요?"

"누굴 데리고 갔어요?"

*

"날······."

"할머니를 데리고 갔어요?"

"······어제."

"어제요? 누가요?"

"누가 할머니를 데리고 갔어요?"

어제 (누군가) 그녀를 데리고 갔다. 그런데 그녀는 (여기에) 있다.

그녀는 쪼개져 있는 걸까.

"어제 누가 할머니를 데리고 갔어요?"

*

방 안 연둣빛은 더 짙어져 있다.

어제 그녀를 데리고 갔다.
어제 그녀를 데리고 간다.
어제 그녀를 데리고 갈 것이다.
어제 그녀를 데리고 가는 중이다.
어제 그녀를 데리고 갔었다.

*

그녀는 있다.

나는 내 몸의 구멍들을 마저 녹음기로 옮긴다. 땀구멍, 땀구멍, 땀구멍, 땀구멍, 땀구멍……

*

"그런데 거울이 없네요?"

거울에 반응되는 걸까. 그녀의 얼굴이 들리더니 날 향한다. 그녀의 두 눈동자가 얼굴과 0.2초나 0.3초 시차를 두고 날 향한다. 시차 때문에 나는 두 개의 다른 얼굴이 날 향하는 것 같은 착각에 휩싸인다.

"방에 거울이 없는 게 좀 낯설어서요."

"누가 있어……."

*

"여자……."

"여자요?"

"몰라…… 모르는 여자야……."

"모르는 여자요?"

"그럼…… 모르는 여자지……."

*

그녀의 집 시계는 이제 4시 40분을 지나고 있다. 표를 예매한 고속버스를 타려면 그만 녹음기를 거두고 일어나야 한다. 서둘러 가방을 챙기고 계단을 뛰어 내려간다 하더라도 택시가 금방 잡히지 않으면 고속버스를 놓치고 말 것이다. 건물 앞이 4차선 도로지만 외곽으로 이어지는 변두리인 데다 맞은편이 인적 뜸한 천변이어서 택시 왕래가 뜸하다. 첫 번째 방문 때는 도로변에서 20분 넘게 기다리고 나서야 겨우 빈 택시를 잡았다. 두 번째 방문 때는 천변을 따라 3백 미터쯤 걸어 올라가다 겨우 빈 택시를 잡았다. 정비가 안 된 천변은 장마 뒤여서 풀이 우거지고 하루살이와 모기로 들끓었다. 내가 터미널에 도착했을 때 고속버스는 출발 시각을 3분 남겨두고 있었다.

내 무릎 위에는 여전히 노트가 펼쳐져 있다. 가방 속 무선호출기가 또 보채듯 울린다.

"여자가 어디에 있어요?"

"모르는 여자요, 모르는 여자가 어디에 있어요?"

"……거울."

"거울이요?"

"……거울."

"거울 속에요?"

나는 방 안을 둘러본다. 역시 어디에도 거울이 없다.

*

거울은 없다.

여자는 있다.

거울 속에.

*

"거울이 어디에 있어요?"

　가슴에 칼…… 큰 거울 하나…… 노래를 해라, 춤을 춰라…….

4부

*

힘주어 복도를 걸어오는 구둣발 소리가 들린다. 철제
문 열쇠 구멍 속에 열쇠를 거칠게 끼우는 소리, 잠금장
치가 풀리는 소리, 잡아 뽑듯 문을 힘껏 여는 소리, 성급
하게 구두를 벗는 소리, 자박자박 다가오는 발소리.

그녀의 고개가 들린다.

그녀가 바라보는 곳을 나도 바라본다.

*

비둘기색 투피스 차림의 자그맣고 통통한 여자가 온
몸을 부르르 떨며 방 안으로 성큼 들어선다.

나는 주춤 몸을 일으킨다. 그 바람에 내 허벅지 위에 펼쳐져 있던 노트가 미끄러져 바닥으로 떨어진다.

"도대체 전화는 왜 안 받는 거예요? 내가 전화는 꼭 받으라고 했잖아요."

여자는 다짜고짜 그녀를 다그치곤 짜증과 분노로 일그러진 표정을 애써 가다듬고 날 쏘아본다. 한차례 통화한 것이 전부지만 그 여자라는 걸 나는 단박에 알아차린다. 여자는 자매라는 게 믿기지 않을 만큼 황 할머니와 생판 다른 모습이다.

여자가 감당하기 힘든 감정을 견디려 안간힘을 쓰듯 눈을 질끈 감았다 뜬다. 거두절미하고 내게 단도직입적으로 말한다.

"그만 돌아가요."

"하지만……."

"언니를 만나지 말라고 당부하지 않았나요?"

"황 할머니께서 허락하셨어요."

"언니가 뭘 허락해요?"

"구술 증언 작업이요. 전화로도 말씀드렸지만, 황 할머니를 처음 찾아뵌 날 구술 증언 작업에 대해 설명드리고 동의를 구했어요. 할머니께서 하시겠다고 하셨어요."

"언니가 그게 뭔지나 알고서 동의했다고 생각해요?"

"할머니께서 이해하실 수 있게 충분히 설명드렸어요. 다른 피해자 할머니들께서 어떻게 구술 증언을 하셨는지 샘플 녹취록을 들려드리기도 했고요."

나는 구차한 변명을 늘어놓듯 자신 없는 목소리로 말하고 그녀를 바라본다.

그녀는 동요하는 기색은커녕 미동조차 없이 자리를 지키고 앉아 있다. 녹음기 속에서는 테이프가 무심히 돌아가고 있다.

그녀는 구술 작업에 대해 제대로 이해하고 하겠다고 했을까. 자신이 말로 한 증언이 문자 텍스트로 만들어지고 책에 실려 출판되는 게 뭔지 알고서.

"소란 피우고 싶지 않으니까 좋은 말로 할 때 그만 돌아가요."

여자와 실랑이를 벌이는 모습을 그녀에게 보이고 싶지 않아 나는 순순히 녹음기를 집어 가방 속에 넣는다.

시계는 5시 25분을 지나고 있다.

날선 눈빛으로 날 지켜보던 여자가 초등학생 숙제검사를 하듯 그녀에게 묻는다.

"두통약은 먹었어요?"

"……."

"두통약이요."

그녀가 마지못한 듯 고개를 끄덕인다.

"몇 알이요?"

"……."

"두 알이요?"

"……."

"사람이 물으면 대답 좀 해요."

"……그걸 안 먹으면 머리가 깨지니까."

"그래서 몇 알 먹었어요?"

"……."

"내가 두 알 이상은 먹지 말라고 했지요."

"그걸 안 먹으면 머리가……."

"하루 두 알이 적량인 약을 너무 많이 먹으니까 문제잖아요. 그러게 마음을 편하게 가지라고 했잖아요. 언니가 신경 쓸 게 뭐가 있어요. 속 썩이는 자식이 있는 것도 아니고…… 그리고 왜 약속을 안 지키는 거예요? 어린애도 아니고 약속을 했으면 지켜야 할 거 아니에요?"

나는 자매의 대화에 집중하며 그녀 앞에 떨어져 있는 노트를 집어 든다. 노트를 접어 가방 속에 넣는다.

여자가 창으로 성큼성큼 걸어가더니 커튼을 홱 걷는다.

나는 가방을 들어 왼쪽 어깨에 둘러멘다. 스윽— 스윽— 테이프 돌아가는 소리가 가방 속에서 들려온다. 녹음기 녹음 버튼은 여전히 눌러져 있고 가방 지퍼는 벌어져 있다.

"할머니, 저 그만 가볼게요."

여동생을 의식해서일까. 그녀는 내게 눈길조차 주지 않는다.

나는 침착하려 애쓰며 여자를 바라보고 부탁하는 말투로 묻는다.

"저기…… 잠깐 얘기 좀 할 수 있을까요?"

"난 그쪽하고 할 얘기가 없어요."

"여쭤보고 싶은 게 있어서요."

내가 버티고 서 있자 여자가 마지못해 말한다. "밖에 나가서 얘기해요."

복도에 나오자마자 여자는 억눌리고 울분에 찬 목소리로 혼잣소리를 내뱉는다.

"내가 얼마나 사정했는데…… 신고하지 말라고……

남세스러운 일이니까 죽을 때까지 비밀로 하고 그냥 조용히 살라고, 내가 그렇게 사정했는데 기어코 신고해서는…… 위안부였던 게 무슨 자랑거리라고…… 신고하면 인연 끊겠다고 분명히 말했는데도 기어코…….”

여자의 중얼거림은 고스란히 테이프에 녹음된다. 여자는 황 할머니가 위안부 신고를 하는 과정에서 큰며느리가 알게 됐고, 그로 인해 시어머니로서의 위상이 진흙탕에 떨어진 것 때문에 언니를 용서 못하고 있다. 여자는 언니를 위해서가 아니라, 자신과 가족들이 당할 수치가 두렵고 싫어서 그녀가 증언하는 걸 막으려 하고 있다.

황 할머니가 위안부 신고를 한 사실을 뒤늦게 알고는, 정신병원 입원 경력 서류를 들고 유 계장을 찾아갔을 만큼 자신의 언니가 위안부였다는 사실이 세상에 드러나는 걸 여자가 극도로 꺼려했다는 걸 나는 상기한다.

“다신 언니를 찾아오지 말아요. 정신도 온전하지 않은 사람이 수십 년 전 일을 제대로 기억이나 하겠어요?”

“연세에 비해 황 할머니께서 정정하세요.”

“겉으로 보기엔 그렇지요.” 여자의 얼굴에 비웃음이 어린다. “언니가 무슨 말을 했는지 모르겠지만 분열 증세가 심해 정신병원에 입원한 병력이 있는 사람 말을 누가 곧이곧대로 믿겠어요?"

통화 때도 했던 말이다.

"치매 증세가 있는 피해자가 증언한 사례가 있어요."

내 말에 여자의 눈 초점이 흔들린다.

"증언을 가명으로 하는 방법도 있어요. 가족들에게 혹시나 피해가 갈까 봐 가명으로 증언하시는 분들도 계세요."

"가명을 쓴다고 사람들이 모를 것 같아요? 이쯤에서 그만두지 않으면 나도 가만있지 않겠어요. 그렇잖아도 요즘 언니 정신이 온전치 않아서 정신병원에 입원시켜야 하나 고민 중이에요."

"정신병원에요?"

"아무튼 다신 언니를 찾아와 괴롭히지 말아요. 언니가 다 잊고 남은 여생이나마 맘 편히 살게 내버려두란 말이에요."

당부하고 돌아서려는 여자에게 나는 다급히 묻는다.

"그런데 어떻게 아셨어요?"

여자가 고개를 내 쪽으로 돌리고 묻는 눈빛으로 날 바라본다. 여자의 옆얼굴에 황 할머니의 옆얼굴이 언뜻 겹쳐 떠오른다.

"황 할머니께서 위안부였던 걸 어떻게 아셨어요?"

"정신병원에 입원시키고[10] 나서……." 여자는 화장이 들뜨며 피곤해 보이는 얼굴을 구기고 숨을 고른다.

"그때도 직접 황 할머니를 정신병원에 입원시키셨나요?"

"어쨌든 내가 언니의 법적 보호자니까요. 정신병원의 새파랗게 젊은 담당 의사가 날 부르더니 언니가 매독에 감염됐던 적이 있는지 묻더군요. 얼마나 민망하고 황당하던지…… 내가 따져 물었더니 언니가 그제야 자신이 싱가포르에서 무슨 일을 했는지 털어놓더군요. 위안부가 뭔지 모를 때여서 나는 언니가 하는 말을 믿지 않았어요. 그저 언니가 정신이 이상하게 돼서 헛소리를 하고 있다고만 생각했어요……."

"그게 1982년이지요?"

"그럴 거예요. 내 둘째 아들이 중학교에 입학하던 해니까…… 나이 차이가 워낙 나는 데다 내가 태어났을 때 언니는 집에 없었어요. 벌써 죽었을 거라고, 죽어서 돌아오지 못하는 거라고 말하면서도 아버지는 내게 언니 얘기를 해주곤 했어요. 나보다 열여섯 살 더 먹은 언니가 하나 있는데, 열다섯 살 먹어 집을 나가 돌아오지 않았다고 했어요."

"그럼 두 분이 언제 처음 만나셨어요."

"1978년이었나…… 그때 나는 결혼해서 부산에서 살고 있었어요. 김해 고향 마을에 살고 계시던 작은어머니가 내게 급하게 연락을 해 왔어요. 언니가 살아 있다고, 살아서 돌아왔다고, 그러니 당장 고향에 내려오라고……."

혼란스러워 하는 여자를 바라보며 나는 지난 회의 때 안 교수가 모두에게 던졌던 질문을 떠올린다. 피해자의 범위가 어디까지인가 하는 질문으로, 넓게는 피해자 가족도 피해자라는 데 의견이 모아졌다.

"할머니께서 정신병원에 입원하실 즈음에는 서로 자주 왕래하셨었어요?"

"그때…… 언니는 서울에 살고 있었어요. 간혹 전화로 서로 안부를 주고받긴 했지만 여느 자매들처럼 왕래하며 지낼 만큼 특별한 정이 있거나 하진 않았어요. 내집 전화번호를 어떻게 알았는지, 언니가 일하던 식당 주인이라는 여자가 어느 날 이른 아침에 내 집으로 전화를 걸어왔어요. 전라도 사투리를 심하게 쓰는 여자였는데 다짜고짜 내게 그러더군요. 언니가 정신 발작이 나서 이상한 행동을 하고 다니니 정신병원에 입원시키든지 하라고요. 그 전화를 받기 전까지 나는 언니가 늦은 나이지만 가정을 이루고 잘 살고 있는 줄 알았어요."

"황 할머니께서 결혼하셨었어요?"

"그런 걸 동거라고 하지요? 상처한 남자를 만나 혼인신고를 하지 않고 5년쯤 살다 헤어졌어요. 의처증이 있었다는데…… 나중에 든 생각이지만 아무래도 언니가 위안부였던 걸 알고는 그랬던 게 아닌가 싶어요."

남자와 동거했던 사실을 그녀는 위안부 피해자 신고를 할 때 말하지 않았다. 사실혼 관계가 아니어서 밝히지 않았던 걸까. 5년이 길다고 할 수는 없지만 그렇다고 아주 짧은 기간도 아니다.

"내가 해줄 수 있는 얘기는 이게 다예요. 더 해주고 싶어도 해줄 얘기가 없어요. 하여간 다시는 언니를 찾아오지 말아요. 아까도 말했지만 요즘 언니를 다시 정신병원에 입원시켜야 하나 고민 중이에요. 제정신이 아닌 언니가 불이라도 지르면 그야말로 큰일 아니에요?"

"불이요?"

"두 달 전쯤 5층 방주교회 권사라는 여자가 내 전화번호를 어떻게 알고는 전화를 걸어왔어요. 언니가 양팔

가득 옷가지를 끌어안고 건물 옥상으로 올라가는 걸 보고 이상하다 싶어 따라 올라갔다, 옷가지들을 옥상 한복판에 쌓아놓고 불을 지르려고 하는 걸 목격했다고 하더군요. 언니 손에 들려 있던 성냥갑을 우격다짐으로 빼앗았다고요⋯⋯ 그 일이 있고 나서 방주교회 교인들이 언니를 챙긴다고 가끔 들여다보는 눈치인데⋯⋯ 언니가 교회 사람들 붙들고 쓸데없는 말을 할까 염려되지만 나도 믿는 사람이니까⋯⋯ 같은 하나님을 믿는 사람들이 언니를 위해 기도해주는 게 고맙기도 하고 언니에게 해가 될 게 없겠다 싶어서 내버려두고 있어요."

두 달 전이면 첫 번째 방문이 있기 전일까, 있고 나서일까. 내가 다녀가고 난 뒤에 찾아온 발작이라면 나도 책임이 있다. 증언 작업이 그녀에게 스트레스를 주었고 그것이 발작을 불러왔을 수도 있으니까. (이번 증언 작업에 면담자로 함께 참여하고 있는) 김이 서울과 진해를 오가며 구술 증언을 따고 있는 피해자는 그녀가 다녀간 뒤 집 천장이 무너지고 쥐들이 떨어지는 환각에 시달렸다고 호소했다.

"1978년도에 할머니께서 고향에 돌아오셨다고 했잖아요. 그럼 그때 할머니 연세가 54세신데, 그 전까지 어디서, 뭘 하시며 사셨는지 알고 계세요?"

여자가 고개를 저으며 허탈하게 웃는다.

"그건 나도 몰라요. 고향에 나타나기 전까지 언니가
어떻게 살았는지는 아무도 몰라요⋯⋯."

여자는 자신의 말이 거짓말이 아니라는 걸 확인시켜
주려는 듯 나를 뚫어져라 바라본다.

"나는 언니가 어떻게 살았는지 알고 싶지 않아요.
설사 언니가 얘기해주겠다고 해도 나는 듣고 싶지 않
아요."

스윽— 스윽— 테이프 감기는 소리가 들려온다. 내
귀에는 선명히 들리는 그 소리를 여자는 아무래도 듣지
못하는 듯하다.

5부

*

고속버스 터미널은 한산하다. 나는 21시 20분에 출발하는 서울행 고속버스표를 예매한다. 계산을 하려 지갑을 꺼내다 녹음기 속 테이프가 여전히 돌아가고 있는 걸 깨닫는다. 나는 표와 잔돈을 건네받고 창구에서 물러나서야 녹음기 전원을 끈다. 17시 20분 표는 환불받지 못한다.

고속버스가 출발하려면 2시간 남짓 시간이 남았다. 예매한 표와 잔돈을 지갑 속에 챙겨 넣고 터미널 밖으로 나온다. 날은 여전히 환하다. 나는 차들이 오가는 도로를 멍하니 바라보다 횡단보도 신호등 옆으로 가서 선다.

신호등 옆 구두 수선 가게에서는 반백의 사내가 러닝 셔츠 차림으로 남성용 구두에 광을 내고 있다. 표정이 그렇게 굳어진 것인지 사내는 입을 악물고 있다. 그 맞은편에서는 일흔은 돼 보이는 노파가 삶은 옥수수, 달걀, 번데기 같은 걸 길바닥에 늘어놓고 팔고 있다. 다방 종업원인 듯한 젊고 통통한 여자가 보온병을 싼 분홍색 보자기를 손에 들고 그 앞을 종종걸음으로 지나간다.

듣지 않을 거라는 걸 알고 있어서 말을 하지 않는 걸까. 아무리 말을 해도 듣지 않을 거니까.

나는 횡단보도 너머 따가운 햇살을 받으며 서 있는, 스무 명 남짓 되는 사람들을 바라본다. 다들 연일 이어지는 폭염에 지치고 잔뜩 화가 난 얼굴들이다. 나는 저들 중 그녀의 이야기에 관심이 있는 사람이 몇이나 있을지 자문해본다. 자신의 삶을 감당하기에도 충분히 고통스럽고 힘겹다. 사람들이 동시에 듣고 싶지 않다고 합창을 하고 있는 것 같다.

신호등이 파란불로 바뀌고 사람들이 횡단보도를 건너온다. 나는 가방에서 노트와 볼펜을 꺼내 든다. 머릿속에 떠오르는 문장들을 노트에 옮겨 적는다.

어디에 있는 거울일까.

그녀의 기억 속 거울일까.

거울 속 여자는 누굴까.

그사이 신호등은 파란불에서 빨간불로 바뀐다. 아이보리색 레이스 양산을 받쳐 쓴 여자가 내 옆으로 와서 선다. 여자는 약속 시간에 늦은 듯 굽 높은 샌들이 신긴 발을 동동 구른다.

그녀는 거울 속 여자를 바라본다.

거울 속 여자는 그녀를 바라본다.

서로의 얼굴이 서로의 얼굴을 짓뭉개며 파고든다.

서로의 눈동자가 서로의 눈동자를 터트리며 파고든다.

서로의 입이 서로의 입을 찢으며 파고든다.

파란불로 바뀌자마자 튕겨 나가는 여자를 따라 나는 횡단보도로 발을 내딛는다.

이마에 맺힌 땀을 손등으로 훔치며 주위를 둘러보는 내 시야에 식당 노란 간판이 눈에 들어온다. 피로연을 해도 될 만큼 넓은 식당에 손님이라곤 스포츠머리를 한 청년뿐이다. 티브이 바로 앞에 앉아 찐만두를 입으로 욱여넣던 청년이 식당 안으로 들어서는 날 흘끔 쳐다본다. 청년의 희번덕거리는 눈빛에서 입속 그득 음식물을 물고도 채워지지 않는 허기가 읽힌다. 부채질을 하며 계산대 옆에 무기력한 모습으로 앉아 있던 오십 줄의 사내가 굼뜨게 몸을 일으킨다. 손님이 없어 파리가 날리는데도 티브이 소리, 에어컨 소리, 대형 선풍기 돌아가는 소리, 주방에서 나는 소리들로 식당 안은 시끄럽고 어수선하다.

나는 청년을 지나쳐 구석진 자리로 가서 앉는다. 식당 벽면에 붙어 있는 메뉴판을 훑는다. 스무 가지가 넘는 메뉴가 빼곡히 적혀 있다. 사내가 보리차가 담긴 유리컵을 양은 쟁반에 받쳐 들고 슬리퍼를 질질 끌며 다

가온다. 유리컵을 소리 나게 내려놓는 사내에게 나는 오므라이스를 주문한다. 메밀소바나 냉면을 주문할까 하다 지난 이틀 내내 면만 먹었다는 걸 깨달아서다.

유리잔을 들다 금이 가 있는 걸 발견하지만 나는 바꿔달라고 요구하지 않는다. 보리차에서 쉰내가 풍긴다.

티브이에서는 잠실에서 열리는 프로야구 경기가 중계 중이다. 질겅질겅 껌을 씹는 외야수의 심드렁한 얼굴이 티브이 화면 가득 잡힌다. 나는 티브이에서 눈길을 거두고 가방에서 무선호출기를 꺼낸다. 액정화면에 모르는 번호가 남겨져 있다.

오므라이스가 나오기를 기다리는 동안 노트를 꺼내 뒤적인다. *"비극이란 의미를 찾을 수 없는 고통이며, 전적으로 신의 개입으로 생긴 일이다."* 소포클래스의 희곡 「오이디푸스 왕」에서 옮겨 적은 글이다.

케첩을 지그재그로 뿌린 오므라이스를 바라보다 숟가락을 집어 든다. 한 숟가락 움푹 떠 입으로 가져간다. 오므라이스는 지나치게 기름지고 계란 비린내가 풍긴다. 밥알 크기로 잘게 자른 감자는 덜 익었다. 주방에서 자코메티의 조각상처럼 비쩍 마른 여자가 걸어 나온다.

여자는 젖은 손을 파란 갈색 앞치마에 훔치며 선풍기 앞 의자로 가서 앉는다. 여자의 구불거리고 희끗한 머리카락들이 선풍기 바람에 아우성치듯 일어난다. 아무 의지가 없어 보이는 얼굴이 날 무심히 쳐다본다.

나는 밥알들을 억지로 씹으며 노트에 눈길을 준다.

그녀는 자신의 몸이 겪은 비극을 어떻게 이해하고 있을까.

자신의 위안부 경험을 전생에 지은 죄 때문으로 이해하고 있는 피해자도 있다. 그렇게라도 자신의 몸에서 벌어졌던 일을 이해해야 살 수 있기 때문이다.

여자가 되기도 전에 더러운 여자가 됐다는 죄의식.

고통이 신의 계획이어서, 인간의 의지와 지혜로는 벗어날 수 없는 거라면, 그것에서 놓여날 유일한 길은 불교의 돈오 같은 깨달음 뒤의 죽음뿐일까.

*

　식당을 나와 목적 없이 거리를 배회하던 나는 제과점 앞 공중전화 부스로 들어간다. 그사이 날은 어둑해지고 가로등과 간판들마다 불이 들어와 있다. 회색 교복 차림의 여학생이 케이크 상자를 들고 제과점에서 걸어 나오는 걸 바라보다 송수화기를 집어 든다. 동전 투입구에 백 원짜리 동전 두 개를 밀어 넣는다.

　두 번째 신호음이 끝나기도 전에 저쪽에서 여자 목소리가 흘러나온다.

　"제 호출기에 전화번호가 남겨져 있어서요."

　"성윤주 선생님이세요?" 상냥하고 애교 섞인 웃음이 배어 있는 낯익은 목소리다.

　"네, 전데요."

　"저, 유미예요." 안 교수의 연구실 조교 시노다 유미다. 일본인인 그녀도 이번 증언 연구에 참여하고 있다. 한국어 전공자로 대학교 2학년 때 교환 학생으로 한국에 온 그녀는 일본으로 되돌아갔다 대학교를 졸업하고 다시 한국으로 건너왔다. 교환 학생 시절에 사귄 한국 남자와 결혼해 서울에 정착한 그녀는 증언 연구 작업에 누구보다 열심히 참여하고 있다. 증언 연구팀 총무를 맡고 있기도 해서 회의 날짜를 조율하고 연락을 취하는 역할을 맡아 하고 있다.

"문경자 할머니께서 위독하시다는 연락을 받아서요…… 조카라는 분이 제 집으로 연락을 해오셨어요. 할머니께서 한 달 전쯤 골반뼈가 부러져서 병원에 입원하셨나 봐요. 잘 치료받고 계셨는데 급성 폐혈증이 와서 엊그제 중환자실에 들어가셨다고…… 성 선생님도 알고 계셔야 할 것 같아서요……."

나는 백 원짜리 동전 두 개를 더 투입한다.

"너무 염려 마세요. 생명력이 특별히 강하신 분이니까 거뜬히 이겨내실 거예요."

문 할머니가 일본에서 열린 위안부 피해자 집회에 참석했을 때 통역사로 동행한 적이 있어서, 문 할머니의 기질과 성격을 잘 이해하고 있는 그녀는 그렇게 날 위로한다.

나는 그녀가 입원한 병원이 어딘지 묻고 서둘러 통화를 끝낸다.

그게 벌써 4년 전이다. 그때만 해도 대학생이던 나는 마산에 살고 있는 문 할머니의 구술 증언 작업을 도맡아 진행했다. 녹취 아르바이트 거리를 대주던 선배의 권유로 하게 된 일이었다. 그 선배는 내가 녹취를 풀어 문

자 텍스트로 만드는 데 재능이 있다고 생각했고, 증언
작업에 참여할 면담자를 찾는 안 교수에게 날 추천했다.
피해자의 구술 증언을 받는다는 게 어떤 것인지 모르고,
피해자라는 단어의 뜻도 모르고, 증언이 무엇인지도 모
르고, 나는 안 교수의 연구실 문을 두드렸다. 스피커 구
멍이 100개인 검은 녹음기를 들고 서울과 마산을 오가
며 문 할머니의 구술 증언을 땄다. 그녀는 내가 처음 만
난 위안부 피해자였다. 그녀의 증언이 고스란히 기록된
열다섯 개의 녹음테이프와 네 권의 노트에도 불구하고
그녀의 증언은 증언집에 실리지 못했다. 2년 전 출간된
증언집에는 애초에 그녀를 포함해 피해자 아홉 명의 증
언이 실릴 계획이었다. 하지만 문 할머니와 또 다른 피
해자의 구술 증언이 빠져 일곱 명의 증언만 실렸다. 또
다른 피해자의 증언은, 편집 과정 중에 당사자가 돌연
증언집에 싣는 걸 허락하지 않아서 빠지게 됐다.

그녀를 까맣게 잊고 있었다.
그녀를 잊지 못할 줄 알았는데,
그녀를 잊지 않으려고 했는데.

문 할머니와 친밀해지려 내가 했던 노력들이 역겹다 못해 환멸스럽다. 마산 시내에서 조금 벗어난 임대 아파트에서 홀로 살아가고 있던 그녀를 만나러 내려갈 때마다 나는 1박을 각오했다. 해방 후 귀국선을 타고 부산으로 돌아와 위안부였음을 숨기고 결혼했지만 자식을 낳지 못해 이혼당하고 그 후 내내 혼자 살아왔다는 그녀와 밤늦게까지 티브이를 함께 보았고, 함께 시장에서 장을 봐다 음식을 만들어 먹기도 했다.

문 할머니의 기억은 시간과 공간을 두서없이 넘나들었다. 어린 시절 어머니와 목화를 따던 얘기를 하다, 느닷없이 위안소에서 어떤 여자가 죽은 아기를 낳은 얘기를 했고, 그로부터 시간을 수십 년 훌쩍 건너뛰어 위안부 신고를 하게 된 얘기를 했다. 고향을 떠날 때의 계절도 매번 달랐다. 보리가 나오던 3월 초순이라고 했다, 아카시아 꽃을 따 먹던 5월 하순이라고 했다, 산머루가 익던 9월 초순이라고 했다.

문 할머니의 거칠고 투박하지만 애교 어린 목소리가 녹음기에 재생되듯 고스란히 내 머릿속에 떠오른다.

내가 말 안 하면 누가 말하겠어.

내가 말해야지.

다른 누가 대신해줄 수 있는 얘기가 아니니까.

하나도 안 잊었어.

다 얘기해줄게.

죽는 건 안 무서워.

죽어야,

다시 태어나지.

전부 얘기해주겠다던 그녀는 그러나 정작 자신의 위
안부 경험에 대해서는 절대로 언급하지 않았다. 외려 위
안부 신고 때 자신이 위안부였음을 증명하기 위해 했던
진술마저 부정했다. 위안소에 있었던 다른 여자들은 어
리석고 재주가 없어서 군인을 상대하는 위안부가 됐지
만 자신은 군인들 앞에서 노래하고 춤추는 '위문단'을

했다고 주장했다. 내가 위안부 경험과 관련한 질문을 하려고 하면, 날 당장이라도 쫓아낼 듯 화를 냈다. 그녀가 현란하게 구사하는, 국어사전에 없는 의성어와 의태어는 전혀 문제가 아니었다.

그녀는 자신의 얘기가 증언집에 실리지 않은 걸 두고 몹시 서운해했다. 증언집이 출간됐다는 소식을 누군가에게서 전해들은 그녀는 새벽 4시경에 전화를 걸어와 그 이유를 따져 물었다. 조만간 찾아뵙겠다고, 구술증언 작업을 처음부터 다시 하자는 말로 달래려는 내게 그녀는 발작적으로 화를 냈다.

다 얘기해줬잖아, 뭘 더 얘기하라는 거야.

생각해보니 문 할머니는 내게 몸은 보여주지 않았다. 그녀의 집에서 1박을 한 이튿날 새벽 5시경이면 욕실에서 찰방찰방 물소리가 들려왔다. 내가 깨어나기 전에 그녀는 욕실 문을 꼭 닫고서 자신의 몸을 씻고 씻었다.

그녀는 모든 걸 얘기했다.

……나방이 들어왔네, 어디로 들어왔을까…… 내 보내줘야 하는데…… 죽었어? ……정말 죽었어? 가만 뒤봐…… 기절한 건지 모르잖아…… 살아날지 모르지…… 죽은 걸 어떻게 알아? 나하고 동갑인 일수쟁이 여자가…… 발바리가 새끼를 다섯 마리나 낳았다고 한 마리를 줬어…… 내가 개, 고양이를 좋아하니까…… 개, 고양이를 보면 그냥 정이 가고 불쌍해…… 내가 번개시장에서 장사할 때…… 그때는 마당 딸린 집에서 살았어…… 월세 살았지…… 시장 바닥에서 별거 다 팔았지…… 번데기, 옥수수, 두부도 떼다 팔고…… 봄에는 쑥하고 냉이 뜯어다 팔고…… 털도 까맣고, 눈도 까매서 오디라는 이름을 지어줬지…… 오디가 까맣잖아…… 우리 오디가 주인집에서 놓은 쥐약을 먹고 죽었어…… 오디를 배낭에 넣어 짊어지고 삽을 들고 동네 뒷산에 올라갔지…… 그때가 동지 즈음이어서 땅이 바위처럼 얼어 있었어. 삽을 잡은 손에 얼마나 힘을 줬는지 나중에는 손바닥에서 피가 다 나데…… 오디를 겨우 땅에 묻고 뒷산에서 내려와 라면 한 봉지 끓여 먹고 누워 쉬는데…… 우리 오디가 살아 있으면 어쩌나 싶은 생각이 드는 거야…… 삽을 챙겨 천근만근인 몸뚱이를 끌고 다

시 뒷산에 올라갔지…… 무덤을 파헤치고 오디를 꺼냈
지…… 우리 오디가 죽었더라구…… 나둬…… 나방이
더러운 것도 아니잖아…… 우리가 잠자는 동안 나방이
살아나서 날아갈지 모르니까…….

*

증언집에 구술 증언이 실린 피해자들 중에는 증언집
이 출간되고 얼마 안 지나 자살한 피해자도 있다.

말을 하고,

웃고,

말을 하고,

흑백사진 속에서도 웃고,

매일 기도한다던 그녀는,

글자를 읽을 줄 몰라 찬송가를 외워 부른다는 그녀는,

자신 말고는 아무도 없는 집에서 스스로 목숨을 끊었다.

외로워…….

그녀는 그 말을 하고 나서도 웃었다.

*

서울행 21시 20분 고속버스가 승차 홈으로 들어온다. 초로의 키가 훌쩍한 운전기사가 거들먹거리며 고속버스에서 내린다. 종종걸음으로 다가오는 앳된 매표원을 향해 손을 번쩍 들어 보인다.

한 손에 쇼핑백을 들고 군화 신은 발을 십자로 벌리고 서 있던 군인이 고속버스에 오른다. 보자기로 싼 보따리 두 개를 양손에 나눠 든 중년 여자가 구둣발 소리를 요란하게 울리면 허겁지겁 걸어온다. 여자는 보따리를 들고 고속버스에 오른다.

줄담배를 피우며 매표원과 환담을 나누던 운전기사가 기지개를 켜고는 고속버스에 오른다.

승객을 둘밖에 태우지 못한 고속버스가 승하차 홈을 빠져나가는 걸 나는 멀뚱히 바라보고 서 있다.

6부

*

수건으로 물기를 훔치기만 한 머리카락에서 물이 방
울방울 떨어져 원피스가 젖어든다. 온몸의 피가 손가락
들 끝으로 빠져나가는 것 같은 피로가 몰려온다. 터미널
근처를 배회하던 나는 11시쯤 근처 모텔을 찾아들었다.

벽걸이 에어컨이 토하는 바람에서 꿉꿉한 냄새가 난
다. 차 경적 소리, 오토바이가 전속력으로 내달리는 소
리, 취객이 지르는 것 같은 고함 소리가 반쯤 열어둔 창
으로 들이친다.

나는 공중전화 부스 앞 제과점에서 산 생크림빵 포장
을 뜯는다. 입술에 묻어날 만큼 생크림이 듬뿍 들었다.
200밀리 곽 우유를 개봉해 입으로 흘려 넣는다. 생크림

과 빵, 우유가 입속에서 섞이며 풍기는 단내가 내 얼굴
전체에 감돈다.

　나는 침대 모서리에 놓아둔 가방으로 손을 뻗어 녹음
기를 꺼낸다.

　400개의 구멍을 바라본다.

　구멍 하나하나와 눈을 맞춘다.

　구멍들은 더없이 컴컴하다.

　산노루나 산토끼 같은 초식동물의 목구멍들 같다.
　*겁에 질려 마비된 초식동물의 입을 우격다짐으로 벌
리고 추출한 목구멍들을 진열해놓은 것 같다.*

　400개의 구멍으로 내 입술을 가져간다.

　*생크림의 단내가 남아 감도는 입술을 구멍들에 밀착
시킨다.*

꾹 다물린 입술에 구멍들이 알알이 박힌다.

나는 천천히 입술을 벌리고 참았던 숨을 토한다.

400개의 구멍이 떨며 진동한다.

녹음기를 침대에 내려놓는다. 테이프들도 꺼내 전시
하듯 녹음기 옆에 늘어놓는다.

노트를 꺼내 펼친다.

나는 첫 번째 테이프를 녹음기에 넣고 재생 버튼을
누른다. 스윽— 스윽— 10분 넘게 지속되는 침묵에 귀
를 기울인다.

그 침묵이 아니다.

그녀의 방에서 들었던 그 침묵이 아니다.

침묵의 색채가 달라져 있다.

침묵의 질감이 달라져 있다.

나는 손바닥으로 400개의 구멍을 덮는다. 400개의 구
멍이 일제히 침묵을 토하기 시작한다.

침묵이 침묵을 밀며 흘러나온다.

침묵이 침묵을 타고 흘러나온다.

침묵이 침묵을 벌리며 흘러나온다.

나는 침대 스프링이 눌리도록 손바닥에 힘을 준다. 녹음기를, 400개의 구멍을 으스러뜨리고 싶은 충동을 겨우 억누르고 손바닥을 뗀다.

구멍 자국이 손바닥에 동글동글 새겨져 있다.

나는 빨리 감기 버튼을 5분 넘게 손가락으로 누르고 있다, 재생 버튼을 누른다.

천천히, 기억나는 것부터 말씀하시면 돼요.

저건 내 목소리가 아니다. 나는 완강히 고개를 가로젓다 전원 버튼을 눌러 녹음기를 끈다. 녹음기와 테이프들을 도로 가방 속에 집어넣는다.

내가 몸을 일으키자 눌렀던 침대 스프링들이 비명을

지르며 퍼진다.

*

　여자는 돌아갔을까. 나는 숨죽이고 철제문 너머에서 들려오는 소리에 귀를 기울인다. 세탁기 속 빨래가 탈수되는 소리는 다른 집에서 들려오는 소리다. 윽박지르는 것 같은 거친 남자 목소리도, 라디오나 티브이에서 흘러나오는 것 같은 노랫소리도.

　건물 입구에서 마주친, 남색 정장 차림에 올림머리를 한 여자가 방언을 한다는 그 목사일 것 같은 생각이 뒤미처 든다. 그녀는 우편함 앞에 우두커니 서 있는 내 얼굴을 삼키듯 훑은 뒤 계단에 발을 내디뎠다. 형형하던 눈빛 말고는 평범한 인상이었다.

　나는 가방 지퍼를 열고 그 속으로 손을 집어넣는다. 녹음기가 만져진다. 긴장해 뻣뻣하게 굳은 손가락들로 더듬더듬 녹음 버튼을 찾아 누른다.

　"할머니, 할머니……."

　나는 주먹 쥔 손으로 철제문을 점점 더 세게 두드린다. 4층 복도에 울릴 만큼 내 목소리는 크다.

철제문이 열리고 그녀가 나타난다. 그녀는 인견 소재의 헐렁한 가지색 바지에 살색 반소매 내의를 걸치고 있다. 부스스한 모습이지만 잠들었다 깨어난 것 같지는 않다. 자정이 지난 늦은 시간에 불쑥 다시 찾아온 나를 보고도 그다지 놀라지 않는다. 반기는 표정도 아니지만 그렇다고 나무라는 낯빛도 아니다.

"고속버스를 놓쳐서요……."

그녀의 어깨 너머 집 안은 어둑하다.

"서울 가는 고속버스가 내일 아침에나 있는데요. 할머니 말고는 진주에 아는 사람이 없어서요……."

그녀는 아무 감정이 담기지 않은 눈빛으로 날 바라보다 돌아선다.

"주무시고 계셨던 건 아니지요? 제가 깨운 건……."

나는 그렇게 물으며 현관 안으로 발을 들여놓는다. 구두를 벗어 그녀의 단화 옆에 나란히 놓고 그녀를 따라 방으로 걸어간다.

그녀는 형광등을 켜고 재떨이 앞에 자리를 잡고 앉는다.

그녀는 내게 눈길을 주지 않는다.

미닫이문은 닫혀 있다. 티브이를 보고 있었던 걸까.

티브이 불빛이 간유리에 어른거린다. 소리는 들려오지
않는다.

그녀가 담배를 집어 든다. 지나치게 밝은 형광등 불
빛 때문에 방 안 풍경이 낯설다. 벽시계, 달력, 못, 연두
색 커튼. 커튼은 창을 가리고 있다. 낮에 내가 머물렀을
때와 달라진 풍경은 없다.

금붕어처럼 입을 뻐끔뻐끔 놀리며 담배를 빠는 그녀
를 내려다보며 서 있던 나는 어깨에서 가방을 내려놓는
다. 가방 지퍼는 벌어져 있다. 그리고 그 안의 녹음기에
서는 테이프가 돌아가고 있다.

"저 화장실 좀 다녀올게요."

열차에 딸린 화장실만큼이나 비좁은 화장실에는 하
수구 냄새가 역하게 퍼져 있다. 천장 환풍기는 돌아가는
소리만 요란하고 제대로 기능하는 것 같진 않다. 파란색
세탁기 뚜껑은 열려 있다. 나는 초등학생 키 높이에 맞
을 세면대 앞으로 가서 선다. 세면대 밑 네모난 플라스
틱 바구니에는 샴푸, 세제, 때 타월 등이 담겨져 있다. 건
물 계단을 올라오는 동안 땀을 흘려 몸이 풀을 바른 듯
끈적끈적하다. 나는 세면대 위 거울을 응시하다 수도꼭
지를 튼다. 부식된 수도꼭지가 울컥울컥 토하는 물을 두

손으로 받아 얼굴에 끼얹는다. 행거에 반듯하게 걸려 있
는 호두색 수건으로 얼굴의 물기를 훔친다. 'ㅇㅇㅇ 장로
취임 예배 기념'이라고 수놓은 수건에 오이 비누 냄새
가 배어 있다. 방주교회에서 선물한 수건일까.

  미색 요와 남색 이불, 파란 솜베개가 미닫이문 앞에
내놓아져 있다. 방 안은 매캐한 담배 연기로 가득 차 있
다. 나는 가방에서 녹음기를 꺼내놓으려다 만다. 그녀의
입에서 담배 연기가 소리 없이 토해지는 걸 바라본다.
그녀의 마디 굵은 손가락 사이에서 담배가 타드는 걸,
연기가 피어올라 그녀의 절벽처럼 가파른 이마께서 허
무하게 흩어지는 걸.

*

  빈 페이지를 찾아 노트 종잇장을 넘기던 내 손가락이
멈칫한다.

  말을 하고,

그리고 죽고 싶다.[11]

다른 그녀가 한 말이다.

어떤 말로도,

어떤 말로도,

*

"덥네요, 오늘 밤도 열대야인가 봐요……."

나는 몸을 일으킨다. 창으로 걸어간다. 커튼을 걷는다. 병든 개의 혀처럼 뜨거운 바람이 내 얼굴을 훑는다. 길 건너 5층 빌라 옥상에 보름달이 떠 있다. 달빛마저 덥게 느껴진다. 노란 불을 밝힌 안마 시술소 간판이 눈에 들어온다. 가까이에 안마 시술소가 있는 줄 몰랐다. 수건 같은 걸 세제 푼 물에 삶는 냄새가 맡아진다.

"마산에 사시는 할머니께서 위독하시다는 연락을 받

왔어요."

"할머니하고 같은 일을 겪으신 분이요."

나는 여전히 창가에 서 있다.

그만 창가를 떠나려는데 이상한 소리가 들려온다.

"무슨 소리가 들리네요?"

"사람 입에서 나오는 소리요."

"들리세요?"

"말소리예요."

"말소리가 아니에요."

"한 사람 입에서 나오는 소리예요."

"두 사람……."

"세 사람……."

"네 사람……."

"다섯 사람……."

　　그러다 갑자기 흐느낌, 통곡이 섞여 들려온다. 아무래도 5층 방주교회에서 들려오는 방언하는 소리 같다. 자정이 지난 시간에 사람들이 교회 예배당에 모여 저마다 무아의 상태에서 오직 신만이 알아들을 수 있는 괴상한 말을 토하고 있다고 생각하니 오싹한 기분마저 든다.

　　나는 어쩐지 방주교회 목사라는 여자와 신도들이 그녀의 집에도 다녀갔을 것 같다. 그녀를 산 제물처럼 앞에 두고 방언을 쏟아냈을 것 같다.

"혹시 밤마다 저 소리가 들려오나요?"

*

나는 노트 빈 페이지를 펼치고 다시 그녀 앞에 앉아
있다. 볼펜을 쥔 손가락들이 어색하다.

나는 깨진 생니 조각을 뱉듯 입속에 떠오르는 형용사
를 그녀에게 던진다.

"슬픈."

"불안한."

"끔찍한."

"그리운."

그녀는 어떤 형용사도 받아들이지 않는다.

"그 여자는 아직도 있어요?"

"거울 속에요……."

"할머니가 모르는 여자요."

그녀가 어떤 형용사도 받아들이지 않는 건 어떤 형용사로도 표현할 수 없기 때문이다.

*

"그 여자는 몇 살쯤 돼 보여요?"

"젊은 여자예요? 아니면 저보다 어린⋯⋯."

그녀는 생각에 잠긴 표정이다. 담배 연기가 그녀의 벌어진 채 굳어버린 입에서 둥글게 피어오른다. 그녀는 무슨 생각을 하는 걸까. 아무 생각도 하지 않고 있는지도 모른다.

그녀의 목소리가 내게 들리지 않는다.

그녀의 목소리가 그녀에게도 들리지 않는다.

그녀가 필터만 남은 담배를 재와 담배꽁초로 수북한 재떨이에 눌러 끈다. 한 손으로 바닥을 짚으며 몸을 일으킨다. 나도 그녀를 따라 몸을 일으킨다.

"주무시게요?"

그녀의 깡마르고 구부정한 등 뒤에서 미닫이문이 닫히는 걸, 가늘게 떨리는 간유리에 그녀의 모습이 어른어른 떠오르는 걸, 속수무책의 심정으로 바라보던 나는, 미닫이문으로 발을 내딛는다.

미닫이문으로 손을 뻗으려는데 그녀의 기묘하게 일그러진 얼굴이 간유리에 떠오른다. 그녀 쪽에서도 내 얼굴이 일그러져 보일 것이다. 죽은 물고기가 수면 위로 떠오르듯, 그녀의 얼굴이 간유리 위로 슬그머니 올라올 것 같다.

간유리가 거울 같다. 인류 최초의 거울인 연못 거울…… 그녀가 연못 거울에 자신의 얼굴을 비추어 보이고 있다…….

한순간 그녀의 얼굴이 간유리에서 거두어진다.

서랍 여닫는 소리, 이불 같은 걸 들추는 소리, 그리고 날벌레 떼가 끓는 것 같은 소리가 미닫이문 너머에서 들려온다.

티브이 불빛이 간유리에서 사라지고, 미닫이문 너머

에 떠돌던 소리들도 잦아든다.

나는 재떨이를 들여다보다 가방에서 녹음기를 꺼내
그녀가 앉았던 자리에 놓는다.

나는 녹음기를 끄지 않는다.

테이프가 다 돌아가기 전에, 잠자리에 들기 전에, 오
늘 밤이 가기 전에, 노트에 뭔가를 써넣어야 할 것 같다.
혼자 교실에 남아, 선생님이 받아쓰기 시간에 불러준,
그런데 내가 미처 받아 적지 못한 문장을 기억해내려
애쓰는 심정이다.

거울이 있다.

그녀가 있다.

모르는 여자가 있다.

그때, 내 눈앞으로 날아가는 날벌레 때문에 나는 기
겁하듯 놀란다. 형광등 불빛을 받은 날벌레 그림자가 먼
저 내 시야에 포착됐는데 순간 나방으로 착각해서였다.

하루살이보다 작은 날벌레는 날개를 가진 것 특유의 존재감을 과시하며 방 안을 휘젓고 다닌다. 어디로 들어 왔을까. 날벌레가 녹음기 주변을 맴돈다. 400개의 구멍 중 하나로 날아들 기세다. 400개의 구멍 모두에 날아들 고 싶어 하는 욕망이, 400개의 구멍 모두를 자신의 존 재로 틀어막고 싶어 하는 욕망이, 날벌레의 날갯짓 소리 에서 읽힌다.

*

테이프가 끝까지 돌아가고 녹음 버튼이 튕겨 오른다. 녹음기에서 테이프를 꺼내 빈 곽에 집어넣는다. 마지막으 로 남은 새 공테이프의 포장을 뜯고 그것을 녹음기에 집 어넣는다. 그녀가 내 앞에 여전히 앉아 있기라도 한 듯 녹 음기를 가만히 내려놓는다. 녹음 버튼을 누르지 않는다.

그녀는 잠들었을까. 어쩐지 깨어 있을 것 같다.

나는 가방에서 사진기를 꺼낸다. 안 교수 연구실 물 품인 사진기는 꽤 묵직하다. 사진기 안에는 24컷짜리 새 필름이 장착돼 있다. 나는 사진기를 얼굴로 끌어당긴 다. 뷰파인더를 통해 렌즈에 담긴 벽시계를 바라보다 서

터를 누른다. 달력을, 못을, 연두색 커튼을 사진기에 담
는다. 그리고 그녀의 물건들—담배, 옅은 쑥색 사기 재
떨이, 성냥갑, 두루마리 화장지, 가재 손수건, 돋보기, 파
란 플라스틱 컵, 전화번호부, 사기잔. 어스름에 잠긴 미
닫이문 간유리도 사진기에 담긴다.

　나는 손목에서 시계를 풀어 녹음기 옆에 놓는다. 손
목에 찍힌 시곗줄 자국을 가만가만 어루만지다, 몸을 일
으켜 형광등을 끈다.

　원피스를 벗어 가방 옆에 놓는다. 낮고 평평한 베개
에서 나프탈렌 냄새가 희미하게 맡아진다.

　오래 장롱 속에서 묵은 듯 접힌 자국이 선명한 요 위
에 몸을 눕히자 긴장이 풀리며 몸이 땅속으로 꺼지는
것 같은 피로가 밀려든다. 기절하듯 곯아떨어질 줄 알았
는데 잠이 오지 않는다. 마산 문 할머니가 입원한 병원
에 들렀다 서울로 올라갈지, 곧장 서울로 올라갈지, 나
는 아직 결정을 내리지 못했다.

　달빛이 번져 있는 천장을 물끄러미 응시한다. 손을
머리 위로 뻗어 머리맡을 더듬는다. 녹음기, 노트, 볼펜,
가방, 무선호출기, 손목시계, 원피스…… 얼굴 모양으로
빚은 찰흙 덩이도 머리맡 저 어딘가에 오도카니 놓여

있을 것 같다.

나는 잠을 청하려 애써 감은 눈을 도로 뜬다. 바닥을 향해 돌아눕는다. 베개를 가슴에 받치고 노트를 끌어당긴다. 볼펜을 손에 쥔다.

달빛을 받아 옅은 귤빛을 띤 노트 종이로 볼펜 심을 가져간다.

말.

나는 말에 말을 덧입힌다.

말.

말이 부화하려는 알처럼 팽창한다.

*

말을 하지 않아도 된다.

그녀는 말을 하지 않아도 된다.

7부

*

    나는 초등학교를 졸업할 때까지 살았던 천안 양옥집 마루에서 찰흙 덩이를 두 손으로 만지작거리고 있다.

    엄마와 동생들은 어딜 갔는지 집에는 나 혼자다.

    나는 열서너 살쯤 먹은 어린 여자아이다. 찰흙 덩이는 내 얼굴만 하다.

    손가락으로 찔러 눈구멍을 내고 싶은데 찰흙 덩이가 쇳덩이처럼 굳어 지문조차 묻어나지 않는다.

눈구멍을 만들어 넣어야 하는데……

입 구멍을……

애를 태우던 나는 찰흙 덩이를 마룻바닥에 놓고 몸을 일으킨다. 신발장으로 간다. 깨금발을 하고 신발장 맨 위 칸에 놓아둔 철제 공구함을 내린다.

공구함 뚜껑을 열고 그 안을 들여다본다. 드라이버, 망치, 철사 뭉치, 펜치, 송곳, 못들. 나는 송곳을 집어 들었다 도로 내려놓는다. 못 하나를 집어 든다.

나는 다시 찰흙 덩이를 앞에 두고 마루에 동그마니 앉아 있다.

나는 못으로 찰흙 덩이를 찌른다. 못이 잘 들어가지 않아서, 그것을 움켜잡은 손에 힘이 들어가며 손바닥에 녹이 묻어난다.

못이 조금씩, 조금씩 박혀들며 찰흙 덩이가 고통스러워하는 게 내 손가락들에 느껴진다.

눈을 갖는 건 고통이야…….

그렇게 중얼거리며 나는 자신이 꿈을 꾸고 있다는 걸 깨닫는다. 비몽사몽 중 기억이 뒤섞여 만들어내는 인위적인 꿈이다.

눈을 갖는 게 고통인 건, 눈으로 보는 모든 게 슬픔이기 때문이다. 모든 인간의 얼굴, 모든 동물의 얼굴, 모든 나무, 모든 꽃⋯⋯.

나는 계속 꿈속에 머문다. 얼굴에 아직 입 구멍을 만들어 넣지 못해서다.

나는 꿈에서 깨어나지 않으려 찰흙 덩이를 붙들고 매달린다.

입을 갖는 것도 고통이다.

그래도 입을 가져야 한다. 말을 해야 하니까⋯⋯.

*

잠결에 미닫이문이 덜컹 열리는 소리를 듣는다. 눈을 뜨고 싶지만 떠지지 않는다. 자박자박 맨발로 장판지를 내딛는 발소리⋯⋯ 그녀의 발소리다. 화장실에 가려는 걸까.

그녀가 나를 내려다보는 게, 내 머리맡에 웅크려 앉는 게 느껴진다.

그녀의 입이 벌어지며 그 안의 죽은 입들이 연달아

벌어진다.

*

　기절하듯 잠들었던 나는 커튼 자락이 바람에 펄럭이
는 소리에 놀라 깨어난다. 몇 시쯤 됐을까…… 목탄 가
루 같은 어둠이 달빛과 엉켜 떠다니는 방 안을 둘러본
다. 날벌레 같은 게 내 얼굴을 치고 달아난다.

　날벌레는 한 마리가 아니다. 얼굴로 달려드는 날벌레
들을 손을 내저어 쫓으며 몸을 일으켜 앉는다.

　날벌레 끓는 소리가 위험을 알리는 사이렌 소리처럼
집 안 어디선가 들려온다. 내 고개가 저절로 미닫이문
쪽을 향한다. 미닫이문이 열려 있다. 나는 원피스를 더
듬더듬 챙겨 입고 미닫이문으로 발을 내딛는다.

　"할머니……."

　나는 벽을 손으로 더듬어 형광등 스위치를 찾는다.
스위치를 누르자 형광등 불빛에 방 안이 발각되듯 드러
난다.

　이불 위에 그녀가 없다. 머리에 눌린 자국이 남아 있
는 베개에 짧게 눈길을 주고 나서 방 안을 둘러본다.

나무로 짠 짙은 갈색 장롱, 자개 서랍장, 그 위 18인치 티브이, 상아색 전화기, 꼭 닫힌 창, 그리고 벽에 박힌 아무것도 걸려 있지 않은 못들—하나, 둘, 셋, 넷, 다섯, 여섯.

자개 서랍장 위, 검게 짓무른 바나나 뭉치에서 날벌레가 끓고 있다. 두 번째 방문 때 나는 그녀에게 바나나 한 손을 사다 줬다.

*

나는 계단으로 발을 내딛으려다 말고 위를 올려다본다. 5층 교회로 난 계단은 짙은 어둠에 잠겨 있다. 방언을 토하던 사람들이 집으로 돌아갔는지 서늘한 정적이 감돈다.

나는 후들거리는 다리를 간신히 내딛으며 계단을 내려간다.

부패한 음식 쓰레기 냄새가 골목에 역하게 떠돈다. 음식 쓰레기가 담긴 비닐 포장지를 뜯어 헤치고 그 안에서 흘러나온 음식물을 핥던 검은 고양이가 경계하는

눈빛으로 날 쳐다본다. 난 널 해치지 않아…… 간절히
중얼거려보지만 고양이는 주차된 트럭 밑으로 재빠르
게 숨어버린다.

그녀가 세든 건물 주변 골목들에도 그녀가 없다.

나는 차들이 드물지만 무서운 속도로 내달리는 도로
를 바라본다.

도로를 따라 올라가던 나는, 도로 너머 천변 둑 위에
심긴 플라타너스 나무 아래 모여 있는 사람들을 발견
한다.

도로가 뒤흔들릴 만큼 덤프트럭이 무서운 속도로 지
나간 뒤 나는 도로를 건넌다. 사람들이 취기 어린 목소
리로 웅성거리는 소리가 내 귀에 점점 선명하게 들린다.

"할머니, 집이 어디세요?"

"집이요, 집!"

"집이 어딘지 알려주시면 저희가 바래다드릴게요."

"치매가 있으신가 보네."

나는 주저하면서 사람들이 모여 있는 쪽으로 걸어간
다. 배가 나오고 자세가 흐트러진 중년 남자 넷이 누군
가를 둘러싸고 있다. 술 냄새, 기름진 안주 냄새, 담배 냄

새, 땀 냄새가 뒤섞인 냄새가 비위를 거스를 만큼 짙게
끼친다.

"할머니, 집 주소가 어떻게 돼요?"

"경찰 불러!"

"파출소가 어디 있더라?"

혹시나 싶었는데 그녀다. 내복 바람으로 플라타너스
나무 아래에 웅크리고 앉아 떨고 있다.

나는 남자들 앞으로 걸어 나간다.

"할머니…… 왜 나와 계세요?"

남자들이 고개를 돌려 날 바라본다.

"할머니……."

나는 그녀 쪽으로 발을 내딛는다. 그녀의 고개가 들
리더니 전혀 모르는 사람인 듯 나를 바라본다. 그새 나
라는 존재를 까맣게 잊은 걸까.

그녀는 맨발이다.

"여기 이러고 계시지 말고 집에 가요……."

남자들 중 하나가 비틀거리며 내게 다가온다.

"도와드려요?"

"괜찮아요!"

나는 완강히 고개를 내젓고 남자에게 가까이 다가오

지 말라는 경고가 담긴 손짓을 한다. 남자가 어깨를 으쓱해 보이며 뒷걸음질한다. 남자들은 가지 않고 그녀와 날 지켜본다.

그녀의 두 손에 반짝거리는 무엇인가가 들려 있다. 절대로 잃어버리면 안 되는 중요한 물건인 듯 그녀가 두 손으로 꼭 움켜잡고 있는 것은 녹음기다.

"녹음기는 왜 가지고 나오셨어요?"

나는 침착하려 애쓰며 그녀에게 묻는다.

"그거 이리 주세요."

내가 손을 내밀자 그녀가 녹음기를 더 꼭 움켜잡는다.

"녹음기…… 저한테 주세요."

나는 그녀가 혹시나 실수로 녹음기 버튼을 잘못 누르는 바람에 녹음된 내용들이 지워질까 봐 조마조마하다.

"염려되는 거라도 있으세요? 별말씀 안 하셨잖아요……. 왜요? 혹시 여동생분이 뭐라고 하셨어요?"

……그 여자는 아직도 있어요? 거울 속에요…… 할머니가 모르는 여자요.

한없이 낯선, 그래서 기이하게 들리는, 녹음기에서 흘러나오는 것이 분명한 목소리가 내 목소리라는 걸 깨닫고 나는 어깨를 떤다.

"녹음기, 이리 주세요."

그녀가 도로로 내려선다. 전속력으로 달려오던 승합차가 내쏘는 전조등 불빛에 그녀가 현상되듯 드러나는 순간, 그녀의 손에 들린 녹음기가 흉기처럼 날카롭게 빛난다.

데리고 갔어……

유령이 내는 소리처럼 도로 위에서 출몰한 소리가 어디서 기인한 소리인지 분간이 가지 않는다. 녹음기에서 흘러나오는 소리인지, 그녀의 입에서 흘러나오는 소리인지, 아니면 환청인지.

몸을 다 가져갔어……[12]

그래서…… 몸이 없지……

다 가져가서……

죽지도 못해…… 몸이 없어서……

피는 나……

피는 눈에서 나는 거니까……

거기…… 굴 속에……

눈을 감아도 피가 흘러……

1) 지그문트 프로이트, 요제프 브로이어 『히스테리 연구』, "억제된 감정이 말을 통해 빠져나가게 함으로써".

2) 욥, 김동훈 옮김, 『욥의 노래』, "침묵 후 욥 말문 열어 자기 날을 저주했다".

3) '일본군' 위안부로 동원된 숫자는 17만에서 20만 명으로 추정된다.

4) 프리모 레비, 『가라앉은 자와 구조된 자』, "믿어주지 않는, 아니 들어주지도 않는 꿈이다."

5) 일본군 '위안부' 정서운.

6) 일본군 '위안부' 진경팽.

7) 『히스테리 연구』

8) 1997년 여름, 훈 할머니로 알려진 이남이 할머니의 이야기가 언론에 보도되면서, 그녀는 세간의 주목을 끌었다. 그녀의 가족 찾기, 고향 찾기가 진행되기도 했지만, 지금 그녀의 이름을 기억하는 사람을 별로 없다. 1924년, 혹은 1925년생인 그녀는 열두세 살에 끌려가 싱가포르와 캄보디아에서 일본군 '위안부' 생활을 했다.

9) 『가라앉은 자와 구조된 자』, "그들은 증언하기 위해 살아남았다".

10) 일본군 '위안부' 조순덕.

11) 일본군 '위안부' 정윤홍.

12) 정서운의 "내 육체는 니들이 다 가지고 가도……".

불가능한 인터뷰

김형중 문학평론가

1

1997년 8월 9일, 점심시간이 막 지난 오후 진주의 한 주택, 두 사람이 마주 앉아 있다. 둘 사이에선 흡음구가 400개 달린 휴대용 녹음기 속 테이프가 돌아가고 있다. 인터뷰 상황이다. 소설은 다음 날 새벽이 되어서야 끝날 참인데, 인터뷰이가 도통 말이 없다.

인터뷰이는 '황수남'(아마 실명은 아닐 것이다), 위안부 피해자 할머니다. 1982년에 분열증으로 정신병원에 입원한 적이 있고, 1992년 11월에 위안부 신고를 했으나, 본명을 밝히기를 거부한 '숨어 있는 피해자'다. "수천 년 전에 무너져 원래 상태로의 복원이 영구히 불가능한 고대 사원이나 신전"처럼 폐허가 된 입을 가졌고,

"기억하지 않아서 미치지 않을 수 있었"고 "기억하지 않아서 살 수 있었"던 사람이다. 그래서 녹음테이프는 돌아가지만 그녀는 말하지 않는다. 머리에서 마음에서 몸에서, "눈동자에서, 살갗에서" 기억을 지워버린 사람 같다. 그러나 알다시피 어떤 기억을 지운다는 것은 아직 그 기억을 간직하고 있을 때나 가능한 일, 그녀에게는 들을 말이 분명히 있다. 그렇다면, 이 인터뷰는 가능할까?

인터뷰어는 구술 증언 채록자 성윤주, 그러나 역시 실명은 아닐 것이다. 우리는 그녀의 본명을 알 듯도 한데, 성윤주는 필시 작가 김숨의 분신이다. 왜냐하면 『L의 운동화』(2016) 이후 김숨이 해온 작업이 바로 성윤주의 작업에 다름 아니기 때문이다. 2016년 이후로 김숨의 화두는 '어떻게 위안부 피해자 할머니들의 고통을 증언할 것인가? 그리고 어떻게 그들의 증언을 기록할 것인가?'였다. 『한 명』에서 김숨은 위안부 피해자들의 발언을 300여 개의 각주로 인용함으로써 소설을 일종의 '증언 아카이브'로 활용하는 실험을 수행한다. '증언 소설' 혹은 '인터뷰 소설'이라는 명명에 가장 부합하는 두 편의 소설 『군인이 천사가 되기를 바란 적 있는가』(2018)와 『숭고함은 나를 들여다보는 거야』(2018)에서는 인터뷰어가 거의 개입하지 않은 채로 피해자들의 증언이 날것 그대로 소설의 재료가 된다. 『흐르는 편지』(2018)는 역시 위안부 피해자 문제를 다룬 서간체 형식의 역사소설이다.

그렇다면 저 불가능해 보이는 1997년의 인터뷰는 분명 성공적으로 수행된 셈인데, 그 결과물이 20년 지나 네 권의 소설로 출간될 것이기 때문이다. 거대한 트라우마가 벽처럼 말문을 막고 있는 저 기이한 인터뷰는 어떻게 성공했을까?

2

최근 전염병의 공포에 사로잡힌 동유럽의 한 철학자가 자주 오용하고 있는 '인류애'란 말은 믿을 게 못 된다. 세계 도처에 즐비한 학살과 전쟁과 혐오와 차별이 그 유력한 물리적 증거이겠지만, 이 말은 존재론적으로도 인식론적으로도 오류다. 자아는 결코 타자를 완전히 이해하거나 사랑할 수 없다. 레비나스의 "자아임(자아로 존재함, être moi)은 자기에게 결부되어 있음을 함축하며, 자기를 처치해버리는 일이 불가능하다는 점을 내포한다"(『존재에서 존재자로』, 서동욱 옮김, 민음사, 2003. p.148)는 문장의 의미는 그런 점에서 되새겨볼 만한데, 국가 폭력의 희생자를 인터뷰하려는 '자아'도 마찬가지다. 인터뷰어는 인류애의 이름으로 증언 속 경험을 '조망'해서는 안 된다. 〈쉰들러 리스트〉의 그 위선적인 스펙터클이 그 반증이다. 어떤 이데올로기적 전제에 따라 (가령 '총체적 재현' 같은) 경험의 특이성을 봉합해서도 안 되고, 일종의 '전이' 속에서 동정과 연민으로 사연을 미화해서도 곤란하다. 아마도 이것이 인터뷰어의 '최소한의 윤리'일 것이다.

작중 성윤주는 그런 의미에서 지극히 성찰적이고 윤리적인 인터뷰어다. 그러나 정작 인터뷰이가 말을 하지 않는다. 12시간여를 함께 보내는 동안 황수남 할머니가 입 밖으로 뱉은 말은 문법적으로 재구성이 어려운 단편적인 단어들과 단문 몇 개뿐, 그럴 때 이 인터뷰는 어떻게 성공할 수 있(었)을까?

[…] 나는 내 목소리를 삭제하고 싶은 충동을 억누른다. 그럼

내 목소리와 함께 녹음된 그녀의 침묵도 지워지니까, 내 말보다 그녀의 침묵이 중요하니까, 그녀의 침묵은 발화되지 못한 말이기도 하니까.

녹취록을 풀 때 그녀의 침묵도 문자文字에 담아 기록해야 한다. 그녀의 표정, 몸짓, 한숨, 눈빛, 얼굴빛, 시선, 눈동자의 떨림, 망설임, 눈물도…… 그것들 역시 그녀의 발화되지 못한 말이므로. (pp.9~10)

400개의 구멍으로는 부족하다.
구멍이 더 있어야 한다. (p.22)

(내가 그녀를 위해 준비한 최초의 질문)

듣기

(최후의 질문)

듣기

(최선의 질문)

듣기 (pp.78~79)

스피커에 달린 400개의 흡음구로는 부족하다. 왜
냐하면 인터뷰이가 말하지 않으니까. 흡음구는 항상
'N+1'개여야만 한다. 아무리 흡음구가 많은 녹음기라
해도 침묵을 녹음할 수는 없는 법이니, 침묵을 담을 흡
음구가 항상 하나 더 필요하다. 녹취록에는 바로 그 침
묵도 문자화되어 남아야 한다. 인터뷰이의 "표정, 몸짓,
한숨, 눈빛, 얼굴빛, 시선, 눈동자의 떨림, 망설임, 눈물
도…… 그것들 역시 그녀의 발화되지 못한 말이므로".
그러니까 인터뷰어의 최소한의 윤리 그것은 최초에도
최후에도 '듣기'이다. 만약 1997년 그날 성윤주의 인터
뷰가 성공했다면 나는 바로 저 듣기의 윤리 덕분이었으
리라고 생각한다.

3

그리고 나는 그렇게 해서 문자로 옮겨진 침묵의 자
리, 그 자리를 문학의 자리라고도 생각한다. 결코 녹취

록에는 담길 수 없는 침묵들이 말이 되는 자리, 그러나
결코 완전하게는 재현될 수 없는 고통의 자리, 그래서
항상 '결함적으로만'(조르주 디디 위베르만) 재현 가능한
그 영역을 '문학' 말고 다른 말로 나는 지시하기 힘들다.
그러니까 김숨의 『듣기 시간』은 20년 후에야 '결함적으
로' 성공하게 될 김숨의 증언 소설들에 대한 창작 보고
서다.

　각설하고, 맺는말 대신 지면을 좀 아껴서 1997년에
성윤주가 가까스로 녹음한(그러나 환청인지도 모를) 황
수남 할머니의 육성을 독자들과 같이 들으면서 듣기 시
간을 마무리했으면 싶다.

　　데리고 갔어……

　　유령이 내는 소리처럼 도로 위에서 출몰한 소리가 어디
서 기인한 소리인지 분간이 가지 않는다. 녹음기에서 흘러
나오는 소리인지, 그녀의 입에서 흘러나오는 소리인지, 아
니면 환청인지.

　　몸을 다 가져갔어……

그래서…… 몸이 없지……

다 가져가서……

죽지도 못해…… 몸이 없어서……

피는 나……

피는 눈에서 나는 거니까……

거기…… 굴 속에……

눈을 감아도 피가 흘러…… (pp.167~168)

김숨 작가가
펴낸 책들

- 소설집

『투견』, 문학동네, 2005.

『침대』, 문학과지성사, 2007.

『간과 쓸개』, 문학과지성사, 2011.

『국수』, 창비, 2014.

『당신의 신』, 문학동네. 2017.

『나는 염소가 처음이야』, 문학동네, 2017.

『나는 나무를 만질 수 있을까』, 문학동네, 2019.

- 장편소설

『백치들』, 랜덤하우스코리아, 2006.

『철』, 문학과지성사, 2008.

『나의 아름다운 죄인』, 문학과지성사, 2009.

『물』, 자음과모음, 2010.

『노란 개를 버리러』, 문학동네, 2011.

『여인들과 진화하는 적들』, 현대문학, 2013.

『바느질하는 여자』, 현대문학, 2015.

『L의 운동화』, 민음사, 2016.

『한 명』, 현대문학, 2016.

『흐르는 편지』, 현대문학, 2017.

『너는 너로 살고 있니』, 마음산책, 2017.

『군인이 천사가 되기를 바란 적 있는가』, 현대문학, 2018.

『숭고함은 나를 들여다보는 거야』, 현대문학, 2018.

『떠도는 땅』, 은행나무, 2020.

듣기 시간
김숨 중편소설

초판 1쇄 발행   2021년 4월 26일
재판 1쇄 발행   2021년 9월 28일

발행인   이인성
발행처   사단법인 문학실험실
등록일   2015년 5월 14일
등록번호   제300-2015-85호

주소   서울 종로구 혜화로 47 한려빌딩 302호
전화   02-765-9682
팩스   02-766-9682
전자우편   munhak@silhum.or.kr
홈페이지   www.silhum.or.kr

디자인   김은희
인쇄   아르텍

ⓒ김숨
ISBN 979-11-970854-4-4(03810)
값 10,000원